KB134359

쌍둥이 언니가 신녀로 거둬지고, 나는 버림받았지만 아마도 내가 신녀다. ③

「가우우
(무슨 일이 일어난 거야?)」

「가이아스,
늑대가 됐어.
멋있었어.」

쌍둥이 언니가 신녀로 거둬지고, 나는 버림받았지만 아마도 내가 신녀다.

3

이케나카
오리나
일러스트 컷

목차

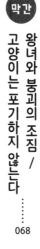

신녀란 때때로 세계에 나타나, 신에게 사랑받는 자를 가리킨다.

그자는 신에게 사랑받고 세계의 축복을 받는다.

신에게 사랑받는 신녀는 사람들에게 큰 영향을 준다.

신녀는 특별한 힘이 있다고 한다.

그러나 특별하기에 신녀는 보통의 존재를 이해하지 못한다.

신녀와 그 외의 존재. 그 둘은 분명하게 다르다.

Ⅰ 소녀와 도중의 평온한 나날

"레룬다, 졸려?"

"응…… 조금."

눈을 비비고 있으니 늑대 수인인 오샤시오 씨가 물었다.

나, 레룬다는 지금 소중한 동료와 함께 새로운 땅을 향해 나아가고 있었다.

어제는 밤하늘을 구경하느라 늦게 자고 말았다. 이동 중이기는 하지만 모두가 있어서 안심된다는 증거일지도 모른다.

어떤 일이든 방심하지 않는 게 좋다는 건 안다. 하지만 계약한 마물과 수인, 엘프가 함께 있는 것만으로도 나는 마음이 편해졌다.

정처 없이 이동하는 건 불안하다. 그러나 마음의 평온을 유지하는 데는 살 곳보다도 함께 있는 사람이 더 중요한 걸지도 모른다.

고향에서 살 때는 마물이 습격하지 않아서 아무 생각 없이 생활했다. 하지만 내 마음은 무엇에도 동하지 않았고, 나는 그저 살아 있을 뿐이었다. 그러나 지금은 새로운 땅에 도착하지 못했는데도 고향에 있을 때보다 행복했다.

"그륵그르으르(졸리면 내 등에서 자도 돼)."

"아니, 괜찮아. 되도록 내 발로, 걷고 싶어."

레이마가 자기 등에서 자도 된다고 했지만 거절했다.

함께 이동 중인 아이들을 힐끔 보았다. 엘프 중에는 어린아이가 없어서 늑대 수인 마을에서부터 줄곧 함께한 아이들이 전부였다.

가이아스, 시노미, 카유, 이루케사이, 루체노, 리리드, 단동가.

내 소중한 친구들.

아이들은 아토스 씨가 죽고 이동하게 됐을 때, 슬퍼하며 어쩌면 좋냐고 한탄했었다. 하지만 지금은 그런 말을 하지 않았다.

그건 아마 늑대 수인 마을을 떠나고 엘프들과 만나고 마물을 퇴치하는 등 많은 경험을 해서 나타난 변화이리라. 다들 경험으로부터 뭔가를 느끼고 성장한다. ──나와 마찬가지로.

이 상황을 완전히 받아들이지는 못했을 것이다. 나도 조금 안심하기는 했지만 미래에 대한 불안이 없지는 않았다. 하지만 다들 앞을 보고 있었다.

반드시 다 같이 안심할 수 있는 곳에 가자고 맹세했으니까.

그렇기에 미래의 희망과 맹세를 이루겠다는 열의가 더 강했다. 나는 모두가 한마음이라 기뻤다.

다만 한 가지 마음에 걸리는 것이 있었다.

"……가이아스."

"왜……? 레룬다."

"이거, 먹을래?"

"……필요 없어."

가이아스는 내가 내민 열매를 받지 않았다. 날 무시하지는 않았지만 무슨 생각을 하는지 모를 표정을 지었다.

──요즘에 가이아스가 이상하다.

가이아스는 처음 만났을 때부터 줄곧 다정했다. 나는 그리폰과 같이 사는 이상한 인간 아이였고, 수인들에게 인간은 경계 대상이었다. 하지만 가이아스는 가장 먼저 내게 손을 내밀었다.

수인 마을에 간 뒤로는 아이들과 친해질 수 있게 도와줬다. 가이아스가 이미 친구라고 말해 주고, 다른 아이들과 친해질 수 있을 거라며 손을 잡아 줬기에 나는 수인 마을에 빨리 적응할 수 있었다.

전부 가이아스 덕분이었다.

그래서 줄곧 상냥했고 늘 웃어 주던 가이아스가 이상해져서 슬펐다. 왜 가이아스가 이런 태도를 보이는지 알 수 없었다. 나랑 가이아스는 친구인데. 무슨 생각을 하는지 알고 싶지만 아직 묻지 못했다.

◆

"레룬다는 먹어도 되는 것만 찾는구나……. 역시 신녀라서 그런가."

"응. 막연하게, 알아."

고양이 수인 니르시 씨와 엘프, 시포, 프레네와 함께 먹을 것을 찾으러 왔다.

야영지로 정한 곳에서 좀 더 숲속으로 들어와 찾았다. 사람은 먹어야 산다. 정착지가 없는 우리에게 매일 먹을 음식을 확보하는 일은 중요했다.

나는 배고파 죽을 것 같은 경험을 한 적이 없지만 배고픔이 한계에 달하면 사람은 죽는다고 한다. 그렇게 되지 않게 먹을 것을 많이 찾고 싶다.

나는 뭔가를 보고 안 먹는 게 좋겠다는 걸 막연하게 알았다. 그래서 고향에서 살 때도 위험한 음식을 먹은 적이 없었고 먹어도 되는 것만 찾아냈다. 그래서 나는 먹을 것을 찾는 일에 자주 참가했다. 내게는 당연한 일이 모두에게 도움이 된다니 신기하면서도 기쁘다.

내가 신녀일지도 모른다는 것을 안 뒤로도 모두는 상냥했다. 변함없이 나를 그저 레룬다로 대했다. 나는 내가 할 수 있는 일을 하며 모두를 위해 힘을 기르자고 결심했지만 아직 살 곳이 정해지지 않은 지금은 그것까지 할 여유가 없었다.

그러니 이렇게 일상생활 속에서 모두에게 도움이 되는 일을 열심히 하고 싶다.

"레룬다가 있으면 먹을 것을 찾기 쉬워. 고마워."

"독이 있는 식물을 알 수 있어서 좋네."

이 숲속에는 많은 식물과 열매가 있었다. 엘프들은 오랫동

안 숲에 살았지만 파악한 것은 원래 살던 곳 주변뿐이었다. 그래서 엘프들이 모르는 식물과 열매도 있었다.

그런 것을 찾았을 때 직감으로 안전한지 아는 것은 모두에게 도움이 된다고 했다.

"히히히힝~(레룬다는 대단해)."

"후후……. 시포도 잔뜩, 모으고, 대단해."

시포는 나를 보고 대단하다고 말했지만, 시포도 먹을 것을 잔뜩 가져와서 대단했다.

하늘을 자유롭게 나는 스카이호스라는 마물이기에 상공에서 탐색할 수 있어서 우리를 크게 도왔다.

게다가 입수한 식물과 열매를 등에 짊어지고 옮겼다. 시포가 있어서 정말로 다행이었다.

"꽤 모였으니까 슬슬 돌아갈까?"

"……응."

니르시 씨의 말에 고개를 끄덕이고 모두 야영지로 돌아갔다.

야영지에 돌아가 잔뜩 모은 먹거리를 보니 다들 기뻐했다.

"고맙구나, 레룬다. 내일도 힘낼 수 있겠어."

할머님은 그렇게 말하며 내 머리를 쓰다듬었다. 할머님의 자상하고 부드러운 미소를 보니 마음이 따뜻해졌다.

모아 온 먹거리로 할머님과 함께 요리했다.

"시포, 불을 피워 줘."

"히히히히힝~(맡겨 줘)."

나뭇가지와 잎을 모아 시포에게 불을 피워 달라고 했다.

그 불을 사용해 그리폰들이 사냥한 마물을 굽고 모아 온 산나물을 볶았다.

여행 도중이라서 만드는 데 오래 걸리는 요리는 못 하지만 다 같이 식사해서 한층 맛있게 느껴졌다.

땅에 앉아 고기를 먹었다.

불로 익혔을 뿐이지만 입안에 육즙이 퍼져서 행복한 기분이 들었다.

"그르그르르르르르르르르르(이 고기 맛있어!)."

"그륵그르르르르르르르(생고기도 맛있어)."

내 옆에서 레마와 루마 남매가 그런 대화를 나눴다.

사람인 우리는 생고기를 먹으면 배탈이 나지만, 마물인 그리폰은 고기를 생으로 먹어도 문제없는 듯했다. 예전에 그리폰들이 너무 맛있게 먹길래 나도 생고기를 먹어 보고 싶다고 중얼거렸더니 레이마와 란 씨가 안 된다며 말렸던 게 생각났다.

"히히히히힝~(레룬다, 내가 피운 불로 구운 고기 맛있어?)."

"응, 맛있어. 시포도 맛있어?"

시포는 말 마물이라서 고기보다 채소나 과일이 주식인지 그걸 먹었다. 자신이 피운 불로 구운 고기가 맛있냐고 묻더니 의기양양하게 "히히히힝~." 하고 울었다. 그런 일로 기뻐하는 시포가 귀여워서 식사 중이지만 나도 모르게 손을 뻗어 마구 만지고 말았다.

나는 시포를 쓰다듬는 걸 좋아한다. 최근에는 여행 중이라서 예전만큼 빗질을 못 하니까 다음에 시간이 나면 빗겨 줘야 겠다. 빗질하는 편이 시포도 기분 좋은 것 같고, 내가 쓰다듬 는 느낌도 좋으니까.

"그륵그르르르르르르르르르르(레룬다, 밥 먹는 손이 멈췄어)."

"시포가 귀여워서."

"히히히힝?! (귀엽다고?!)"

수컷인 시포는 귀엽다는 말을 듣고 조금 충격을 받은 것 같았다. 하지만 귀여웠다. 시포뿐만 아니라 계약수들은 다들 무척 귀엽다.

마력으로 연결되어서 그런지 한층 특별하게 느껴졌고 "그르그륵." "히히히힝." 하고 우는 내 가족이 귀여웠다.

"시포가 귀엽다니, 나는 모르겠어."

"물론 프레네도 귀여워."

내 어깨에 앉은 프레네에게 그렇게 말하자 기뻐하며 웃었다. 새로 계약한 바람의 정령 프레네도 무척 귀여웠다.

그렇게 나는 계약한 이들에게 둘러싸여 식사했다.

식사를 마치고 나서 가이아스가 없다는 것을 깨달았다.

가이아스는 어디 있는 걸까. 두리번거리며 주위를 둘러봤다. 여러 사람이 보였지만 가이아스는 없었다.

"레룬다, 왜 그래?"

내가 너무 주위를 두리번거렸나.

오샤시오 씨가 다가와서 말했다.

"있지…… 오샤시오 씨. 가이아스는?"

"저기 있어."

오샤시오 씨가 가리킨 곳을 보니 조금 전까지 안 보였던 가이아스가 있었다. 이쪽에 등을 돌리고서 앉아 있었다.

"가이아스…… 왜 그러는 걸까."

"음~ 저 녀석도 생각하는 바가 있겠지. 지금은 내버려 둬도 될 거야."

"……오샤시오 씨, 가이아스가, 무슨 생각, 하는지 알아?"

"대충은."

나는 전혀 모르겠다. 가이아스가 무슨 생각을 하는지, 왜 모습이 이상해졌는지.

하지만 오샤시오 씨는 안다고 해서 마음이 조금 복잡해졌다. 나랑 가이아스는 단짝이다. 나는 가이아스를 아주 좋아한다.

그래서 가이아스에게 고민이 있다면 힘이 되고 싶은데. 나는 가이아스의 마음을 모른다.

"레룬다…… 그런 얼굴 하지 않아도 돼."

오샤시오 씨가 상냥한 얼굴로 내 머리를 쓰다듬었다.

"가이아스도 이것저것 생각하고 싶을 때가 있는 거야. 가만히 내버려 두자. 정말로 신경 쓰이면 나중에 얘기해 봐."

"……응."

지금은 일단 모두와 이야기하며 느긋하게 지내자. 그렇게 생각하고 나는 고개를 끄덕였다.

"후후후, 레룬다, 잘 묶었죠?!"

란 씨가 자신 있게 말하며 의기양양한 얼굴로 나를 보았다.

안심할 수 있는 곳으로 가는 중이라서 매일 그러지는 않지만, 란 씨는 때때로 내 머리 모양을 바꿔 줬다.

아토스 씨가 생전에 란 씨에게 머리 묶는 법을 정성껏 가르쳐서 란 씨도 이제 머리를 잘 묶었다. 나도 혼자서 머리 묶는 연습을 조금씩 하고 있었다. 하지만 란 씨는 내 머리를 묶어 주고 싶은지 자기가 하겠다며 자주 찾아왔다.

나는 내 머리 모양에 크게 연연하지 않지만, 란 씨가 묶어 주고 싶다는 눈으로 보면 거절할 마음이 들지 않았다.

오늘은 긴 머리를 하나로 모아 뒤로 묶었다. 머리 모양을 바꾸면 조금 다른 내가 된 것 같아서 재미있다. 머리 모양만 바꿨는데 이런 기분이 든다니 신기하다.

마을에서 거울을 가져오지 않았기에 개울물을 떠서 내 모습을 확인했는데 정말로 잘 묶었다.

"고마워, 란 씨. 능숙해."

"천만에요."

란 씨는 싱글벙글 웃고 있었다.

란 씨의 머리는 나만큼은 아니지만 묶을 수 있는 길이였다. 란 씨는 머리를 안 묶나 싶어서 빤히 바라보았다.

"응? 왜 그렇게 봐요? 레룬다."

"란 씨는, 머리 안 묶어?"

"네? 저요……?"

란 씨는 이런 말을 들을 줄 몰랐다는 것처럼 얼떨떨한 표정을 지었다.

"저는 됐어요. 시집갈 나이도 지났고 보여 줄 사람도 없고……. 애초에 제가 머리를 바꾼다고 누가 좋아하겠어요?"

"응? 나는 란 씨의 다른 머리 모양, 보고 싶어."

평소와 다른 란 씨를 보고 싶었다.

아니, 란 씨뿐만 아니라 이런저런 사람의 처음 보는 모습을 본다면 즐거울 것 같았다.

"<u>그르그르르르르르르르르</u>(보고 싶어, 보고 싶어!)."

"<u>그르그르르르르륵르르르르르으르</u>(다들 보고 싶어 할 거야!)."

"레룬다…… 그리폰들이 뭐라고 하나요?"

"보고 싶대. 그리고 다들 보고 싶어 할 거래."

내가 그렇게 말하자 란 씨는 뭐라 말할 수 없는 표정을 지었다. 다른 사람들도 보고 싶다고 하면 머리 모양을 바꾸려나?

"다른 사람들한테, 물어보고 올게."

"네? 잠깐, 레룬다."

란 씨에게 등을 돌리고서 그리폰들과 함께 다른 사람에게 갔다. 란 씨가 머리 모양을 바꾸길 원하는 사람이 얼마나 될까?

그런고로 모두에게 물어보았다.

"란드노의 다른 머리 모양? 뭐, 바꿔 봐도 좋지 않을까?"

"란 씨가 머리 모양을 바꾼다고? 와아, 좋다. 란 씨는 미인이니까 분명 어떤 머리든 잘 어울릴 거야."

"란 씨를 꾸미는 거야? 그럼 화장도 하는 편이 더 좋지 않을까……."

"뭐, 머리 모양을 바꿔도 잘 어울리겠지."

란 씨의 다른 머리 모양을 보고 싶어 하는 사람은 남자보다 여자가 더 많았다. 역시 꾸미는 것에는 여자가 더 관심이 많은 듯했다.

카유와 시노미도 꼭 보고 싶다며 눈을 반짝거렸다.

그래서 다 같이 란 씨에게 갔다. 단순한 흥미로 따라온 남자들도 있었다.

"란 씨, 다들 보고 싶대."

"그르그르르르륵르(다들 란 씨를 좋아해)."

"그르그르륵(다들 보고 싶대)."

내가 모두를 데리고 돌아오자 란 씨는 "네에에에?!" 하고 외쳤다.

그런 란 씨에게 제시히 씨가 돌격했다. 나도 란 씨를 에워싸는 여성들 속에 섞였다.

"엇, 잠깐, 저, 저는 됐어요!"

"아니, 안 돼. 란도 여자아이니까 좀 더 다양한 머리 모양에 도전해야 해. 모처럼 예쁘게 태어났잖아."

"네? 잠깐만요, 제시히 씨! 저는 여자아이라고 불릴 만한 나이가 아닌데요!"

"아니, 여성은 아무리 나이를 먹어도 여자아이라고 할 수 있어. 그리고 나는 란을 예쁘게 만들고 싶어."

약사 제시히 씨가 멋지게 웃으며 란 씨에게 슬금슬금 다가갔다. 그리고 굴복한 란 씨는 제시히 씨가 마음대로 만지게 머리를 내줬다.

동그랗게 꼬아 묶어 보고 포니테일처럼도 해 보다가——— 최종적으로는 머리를 뒤로 말고 옆머리를 안에 넣는 형태가 되었다. 아주 예쁘고 어른스러웠다.

나도 모르게 반짝거리는 눈으로 란 씨를 보고 말았다.

"란 씨, 아주 잘 어울려. 근사해."

"응응. 무척 예뻐! 어른 여자라는 느낌이 드는 머리야."

시노미와 카유도 나와 똑같이 생각했는지 신난 목소리로 말했다.

"너……너무 쳐다보지 마세요!"

란 씨는 부끄러워하며 빨개진 얼굴을 돌렸다. 이런 표정을 짓는 란 씨는 보기 드물었다.

"쑥스러워? 무척 예뻐. 그치? 니르시 씨, 오샤시오."

제시히 씨는 상냥하게 웃고서 구경하러 온 남자들을 봤다.

"뭐…… 잘 어울리네."

"맞아. 그런 머리 모양도 신선해서 좋아."

니르시 씨는 조금 솔직하지 못한 것처럼 말했고, 오샤시오 씨는 분명하게 말했다.

"보, 보지 마세요!"

란 씨는 니르시 씨를 사납게 노려보았다.

"뭐야, 딱히 닮는 것도 아니잖아. 가끔은 그런 모습도 괜찮지 않아……?"

"가, 갑자기 뭐죠! 닮는지 안 닮는지의 문제가 아니라 단순히 제가 부끄럽다고요. 수치심이 한계치예요!"

그렇게 대화하는 란 씨와 니르시 씨를 보고 이 두 사람도 친해졌구나 싶어서 기쁜 마음이 들었다.

란 씨와 니르시 씨는 처음 만났을 때 서로를 경계했고 친하지 않았다. 하지만 지금은 이런 대화를 나눌 만큼 친해졌다.

처음에 니르시 씨는 인간이 마을을 습격해서인지 내게도 란 씨에게도 경계심만 보였는데.

"후후."

"레룬다, 왜 웃어?"

"카유, 있지, 란 씨랑 니르시 씨의 사이가, 좋아서."

"그렇지. 저 두 사람 꽤 친해."

카유도 내 말에 동의했다.

""안 친해(요)!""

내가 카유와 속닥거리자 란 씨와 니르시 씨가 동시에 이쪽을 보고 말했다.

그렇게 한목소리로 말하는 것 자체에서 친하다는 느낌이 들었다.

"아니, 친해. 어딜 어떻게 봐도 친해."

제시히 씨가 재미있다는 듯 웃으며 분명하게 말했다. 응. 누가 봐도 친하다.

"란 씨, 니르시 씨, 사이좋은 거, 좋은 일이야."

"레룬다…… 그야 사이좋은 건 좋은 일이지만……. 그런 말을 들을 만큼 저와 니르시 씨는 친하지 않아요."

"맞아. 레룬다. 나랑 란이 그렇게 친할 리가 없잖아."

"아니. 친해."

똑같은 말을 하는 두 사람을 보고 나도 모르게 웃으며 그렇게 말하자 두 사람은 곤란하다는 표정을 지었다.

"사이좋은 건 좋은 일이야. 나랑 레룬다랑 카유도 사이좋은 친구인걸."

"맞아. 나는 시노미도 레룬다도 정말 좋아."

"나도, 정말 좋아."

시노미, 카유와 그런 말을 할 수 있어서 기뻤다.

우리가 어디로 갈지 아직 모르지만 이런 나날이 계속되면 좋겠다고 바랐다.

막간 신관, 나라를 떠나다 / 부친, 반성하지 않다

나, 일룸은 진짜 신녀를 찾기 위한 여행을 떠나게 되었다. 신탁을 받으면서 신녀의 모습을 보았기 때문이다.

하지만 모습 말고는 특별히 아는 것이 없었다. 아마도 신녀일 앨리스 님의 동생을 어떻게든 찾아야 했다. 그러려면 나는 어떻게 움직여야 할까.

신에게 사랑받는 아이가 간단히 죽지는 않을 것이다.

하지만── 신녀가 무사하다고 해서 안심할 수는 없었다. 다른 누군가가 아닌 신녀를 위해 행동하고 싶다.

신녀를 찾기 위한 여행을 떠났지만 나 혼자 가지는 않았다. 혼자서 할 수 있는 일은 한정되어 있기 때문이다.

그러나 대신전에 있는 소녀는 가짜 신녀라고 공표할 수도 없었다. 그렇다고 신녀를 찾으러 가는 부대를 대대적으로 편성할 수도 없어서 소수 인원으로 구성됐다.

나를 포함하여 신녀를 찾기 위해 편성한 멤버는 기사, 신관, 시녀, 신전이 고용했다는 마법검사까지 해서 다섯 명이었다. 이 인수로 괜찮을지 불안하지만 그래도 해내야 한다. 나는 어떻게 해서든 신녀를 만나고 싶다.

나와 기사만 남성이었고 다른 세 사람은 여성이었다.

무슨 일이 일어날지, 어디로 가는지도 모르는 여행에 어째서 여성을 데려가라는지 궁금했다. 위험한 여행에는 여성보다 남성을 데려가는 편이 좋을 것 같은데……. 하지만 진토 님과 대신전은 이 멤버로 문제없다고 판단했다.

정말로 신녀를 생각한다면 신녀의 뜻을 제일로 여겨야겠지만 함께 떠나는 멤버가 어떤 의도를 가졌을지 모른다. 그러니 신녀로 추정되는 소녀와는 내가 가장 먼저 접촉하여 의사를 확인하고 싶다.

내가 먼저 접촉한다면, 신녀가 대신전에 오기를 원치 않는 경우 그대로 못 본 척할 수도 있다.

신녀와 만나기 전에 대책을 생각해 둬야 한다.

다른 멤버가 신녀의 뜻을 무시하고 대신전에 데려가려고 할 수도 있으니까.

그러려면 멤버들이 무슨 생각을 하는지 알아야 한다.

"먼저 어디로 갈까요? 일룸 님."

시녀로 따라오게 된 젊은 여성이 나를 올려다보며 물었다. 데려가게 된 여성진은 다들 놀라우리만큼 젊고 아름다웠다.

그걸 기준으로 뽑은 게 아닐까 의심이 들 정도였다. 물론 그렇지는 않겠지만…….

신녀가 이웃 나라인 미가 왕국으로 갔으리라는 견해도 있으나 그럴 가능성은 적을 거라고 진토 님은 말했다. 나도 동의했다.

만약 신녀가 미가 왕국에 들어갔다면 미가 왕국은 페어리트로프 왕국의 대신전이 가짜 신녀를 내세운다고 비판했을 것이다.

그러지 않는 것을 보면 신녀는 미가 왕국에 가지 않았다. 어쩌면 신녀가 미가 왕국에 있는데도 알아차리지 못했을 수 있지만……. 그럴 가능성은 희박했다.

만약 신녀가 미가 왕국에서 살고 있다면 왕국에 뭔가 영향을 줄 테고 신탁도 내릴 것이다. 그런 변화가 안 보이는 걸 보면 신녀는 미가 왕국에 가지 않았다. 그렇다면 어디로 갔을까.

──페어리트로프 왕국도 미가 왕국도 아닌 곳. 앨리스 님이 자란 마을의 위치를 생각하면 페어리트로프 왕국과 미가 왕국의 국경 남쪽에 펼쳐진 숲이 가장 유력하지 않을까.

하지만 이건 내 생각일 뿐이다. 정말로 그럴지는 모른다.

"제가 생각하기에 신녀님은 숲에 들어갔을 것 같습니다."

"숲에?"

신관이 미심쩍다는 눈길을 보냈다.

"신녀님은 앨리스 님과 동갑인 소녀잖아요? 그렇다면 위험한 숲에 들어가지 않았을 거예요. 어린 소녀가 그런 곳에서 살아갈 수 없을뿐더러 숲에 들어갔다면 한참 전에 죽었겠죠. 당신은 신관이면서 그러길 바라는 건가요? 신전에서 일하는 자로서 신녀님이 죽었을 가능성보다 살아 계셔서 만나 뵐 가능성을 생각하는 게 당연하잖아요."

신관은 그렇게 말했으나 솔직히 신녀를 생각해서 한 말이 아니라 본인이 숲에 들어가기 싫어서 하는 말인 게 뻔히 보였다.

신녀가 숲으로 갔다는 것은 어디까지나 내 직감이지만 이렇게 처음부터 기각당하니 어떻게 해야 할지 고민스러웠다.

이 신관은 신녀보다도 자기 자신이 더 소중한 걸지도 모른다.

"그렇습니까……. 그럼 일단 신녀님이 살던 마을에 가 보죠."

신관은 절대로 숲에 들어가고 싶지 않은 것처럼 보였다. 그렇다면…… 나 혼자만이라도 신녀 곁으로 가기 위해 단독으로 숲에 들어가야겠다.

아니…… 그건 최악의 경우일 때 얘기다. 신관을 대신전으로 돌려보내고 다른 멤버와 함께 신녀를 쫓아 숲에 들어가면 된다.

그러려면 다른 멤버를 설득해야 하니 신녀가 살던 마을로 가면서 얘기하자.

"이건……."

신녀가 살던 마을을 본 나는 경악했다. 마을은 참담했다. 누군가가 죽기라도 한 것처럼 분위기가 우중충했다.

주민에게 물어보니 마을이 충해를 입어 작물이 잘 자라지 않는다고 했다.

그뿐만 아니라 최근 몇 년간 일어나지 않았던 재해가 일어난다고 했다. 신녀가 사랑한 토지는 번영한다는 소문과는 거리가 먼 상황이었다.

그 상황을 보니 역시 신녀는 앨리스 님의 동생이라는 생각이 들었다.

한층 더 숲에 들어가고 싶어졌지만 반대에 부딪혔다. 이번에는 신관뿐만 아니라 설득하지 못한 시녀와 기사도 반대했기에 결국 강행 돌파는 불가능했다.

그래서 신녀가 숲에 들어갔다고 가정하고 숲 반대편으로 가기로 했다.

숲 면적이 넓어서 반대편으로 가는 것도 어려우리라. 하지만 단독으로 숲에 들어갈 빈틈이 생길지도 모른다.

광대하게 펼쳐진 미개척지 숲.

그곳에 들어간 신녀는 어떻게 생활할까. 대신전과 페어리트로프 왕국은 신녀를 대신전에 들이고 싶어 할 테지만 나는 그렇지 않았다. 신녀의 뜻이 제일이고, 나 자신이 신녀에게 다가서는 것이 첫 번째였다. 그리고 페어리트로프 왕국의 신녀가 가짜임을 미가 왕국이 알게 되면 성가신 일이 벌어질지도 모른다.

빨리 신녀를 만나서 신녀의 뜻을 듣고 싶다.

그런고로 우리는 페어리트로프 왕국의 동쪽, 강 건너편에 있는 소국의 연합 국가로 가게 되었다.

현재 내분이 일어난 나라에 들어가는 것은 위험하겠지만 숲 반대편으로 가려면 그리로 가는 편이 좋았다.

그나저나…… 이렇게 여행하면서 나는 신관과 시녀의 이해할 수 없는 행동에 눈살을 찌푸렸다.

뭐랄까, 내게 접근하려고 했다. 젊은 여성이 아찔한 차림새를 하는 등 경망스러웠다. 내가 자제하지 못했다면 큰일이 벌어졌을 것이다.

그에 관해 마법검사에게 말하자 뭐라 형용할 수 없는 표정을 지었는데 왜일까. 마법검사만이 다른 멤버들과 분위기고 뭐고 전부 달랐다. 신전에 소속된 것이 아니라 고용된 입장이기 때문일까. 대신전에 소속된 우리와는 다른 사고를 가진 것 같았다.

신전에 정식으로 소속된 기사, 시녀, 신관은 신녀를 대신전에 데려가야 한다는 생각이 강한 듯했다. 나와는 생각이 다르기에 어떻게 해야 할지 고민 중이다.

설마 아니겠지 싶지만 신녀의 생각을 무시하고 강제로 데려갈지도 모른다는── 그런 최악의 가능성을 상상하고 말았다.

그렇게 생각하면서도 우리는 마차를 타고 강에 걸린 거대한 다리를 건넜다.

강 건너편으로 가면 이제 페어리트로프 왕국 땅이 아니다. 내가 혼자 숲에 들어갈 것 같았는지 여기까지 오는 동안 다른 멤버가 내 행동을 주시했다. 나는 혼자 숲에 들어갈 마음이 없다는 태도로 넘어갔다.

하지만 다른 이들이 방심했을 때 숲에 들어갈 생각이다. 신관은 신녀가 연합 국가에 있을지도 모른다고 했지만 그렇다면 연합 국가의 내분에 어떤 식으로든 영향을 줬을 것이다.

하지만 그런 정보는 듣지 못했으니 아마 연합 국가에는 오지 않았을 것이다.

만약 내가 신녀의 뜻을 존중해서 행동한다면 이제 대신전에는 돌아가지 못할 거라고 다리를 건너며 생각했다. 신녀를 찾았는데 데려가지 않았다는 것을 알면 명령을 어겼다고 판단할 것이기 때문이다.

대신전에 돌아가지 못한다는 것은 친구와 가족을 전부 두고 간다는 뜻이다.

하지만―― 설령 대신전에 돌아가지 못하게 되더라도 나는 신녀라는 보배로운 존재를 위해 행동하는 자가 되고 싶다. 신녀를 위해 행동하고 싶고 만나면 곁에서 모시고 싶다.

◆

어째서 일이 이렇게 되었을까.

신녀라 대신전에 들어온 앨리스의 아버지인 내가 어째서 이런 일을 겪을까. 그리고 왜 아내가 몸져누워야 하는 걸까.

나는 대신전 사람들에게 역병신―― 레룬다에 관해 모조리 이야기했다.

그런 꺼림칙한 아이 이야기를 왜 해야 하는지 몰랐다. 그딴 꺼림칙한 아이 이야기는 하고 싶지 않았는데. 그러고 나서 얼마 후 나는 아내와 격리되어 연금당하고 말았다.

때때로 대신전 측 명령으로 아무 말 없이 웃는 모습을 백성에게 보여야 했다. 마지못해 그 일을 할 때만 밖에 나갈 수 있었다.

신녀 앨리스의 아버지에게 이래도 되냐고 말하면 냉소가 돌아왔다.

심지어 앨리스는 아마 신녀가 아니고 진짜 신녀는 레룬다일 거라는 말까지 들었다.

레룬다가 신녀라고?

그 꺼림칙한 아이가?

그 이야기를 들었을 때, 솔직히 말도 안 되는 소리라고 생각했다.

있는 것만으로도 분위기를 어둡게 하는 아이가 신녀라니 믿을 수 없었다.

하지만 앨리스를 임신한 이후로 건강해졌던 아내가 앨리스가 신녀로서 행복하게 지내는데도 아픈 것은 이상했다. 어떻게 된 걸까.

신관들은 우리가 레룬다를 버려서 이런 상황이 됐다고 했다.

레룬다를 버린 게 잘못이었을까. 그럼 그때 레룬다를 버리지 말 걸 그랬나. 버리지 말고 신녀의 동생으로 데려왔다면 아내가 안 아팠을지도 모른다.

그나저나 신관들은 레룬다가 신녀라고 말하지만 정말일까. 도저히 믿을 수가 없다. 정말 그렇다면 신녀라는 걸 알 수 있는 특징이 좀 더 있어야 하는 것 아닌가. 앨리스처럼 아름답지도 않고 꺼림칙할 뿐인 아이가 신녀라니…… 신의 취향을 모르겠다.

어쨌든 우리가 신녀의 부모라는 것은 변함없을 텐데 이렇게 부당한 취급을 하는 대신전에도 화가 났다.

그리고 레룬다에게도 그랬다.

우리는 꺼림칙해도 레룬다를 키웠다. 그런데도 레룬다가 감사히 여기지 않아서 아내가 병에 걸린 것이다. 정말 몹쓸 아이다.

아내를 보러 갔다.

면회는 감시하에 허락되었다. 몸져누운 아내를 보는 데도 대신전의 허락이 필요하다니 몹시 불만스러웠다.

그래도 아내는 대신전이 붙여 준 사람 덕분에 순조롭게 회복하고 있었다. 우리가 신녀의 부모이기에 붙였다고 했다.

"——여보."

줄곧 함께한 아내가 가냘픈 목소리로 말했다.

정말로 왜 이렇게 되었을까.

우리는 행복해질 터였다.

앨리스라는 사랑스럽고 특별한 아이가 있으니 우리는 신녀의 부모로서 행복하게 살 터였는데.

애초에 어째서 그 꺼림칙한 아이가 신녀라는 걸까. 정말로 신녀가 맞을까?

그런 의문마저 들었다. 그 꺼림칙한 아이가 앨리스에게 무슨 짓을 해서 신녀의 힘을 뺏은 게 아닐까. 앨리스가 신녀라는 보배로운 존재라는 건 납득이 가지만, 그런 꺼림칙한 아이가 신녀라는 건 도저히 납득이 안 간다. 신녀는 역시 앨리스라는 생각만 들었다. 고것은 한없이 꺼림칙했으니까.

애초에 고것 때문에 아내가 이렇게 아픈 거라고 생각하니 용서할 수 없었다.

대신전 측은 고것을 필사적으로 찾는 듯했다. 찾으면 아내에게 사과하라고 해야겠다. 고것이 키워 준 은혜를 잊어서 아내가 이렇게 아픈 거니까.

그 꺼림칙한 아이—— 레룬다 때문에 우리는 이런 일을 겪고 있었다. 그 아이가 우리를 불행하게 했다.

"——이 남자는 조금도 반성하지 않네."

"이런 자가 신녀님의 아버지라니……."

그 아이 때문에…… 그 아이만 제대로 처신했다면——. 그런 생각만 하는 내 귀에는 나를 감시하려고 따라온 신관과 기사들의 말이 들리지 않았다. 그들이 얼마나 차가운 눈으로 나를 보는지도 나를 어떻게 생각하는지도 전혀 신경 쓰지 않았다.

나는 그저 레룬다 때문에 이런 일을 겪는다는 생각을 곱씹으며 앓아누운 아내가 건강해지길 바랄 뿐이었다.

2 소녀와 수인 소년의 고민

우리는 어디에 거점을 만들지 이야기하며 남쪽으로 나아갔다.

가이아스는 여전히 생각에 잠긴 모습이라 걱정됐다. 오샤시오 씨는 내버려 둬도 된다고 했지만 정말로 괜찮을까. 가이아스를 더 이해할 수 있다면 좋을 텐데.

그렇게 생각했지만 모두가 내 마음을 정확히 모르는 것처럼 나와 가이아스도 다른 사람이기에 모든 걸 정확히 알 수는 없었다.

나는 고향에 있을 때 이런 생각을 한 적이 없었다. 죽지만 않았을 뿐, 아무 생각 없이 그저 살아 있었다.

대화할 일이 별로 없어서 입을 열지 않았다. 누군가를 알고 싶지 않았고 스스로 뭔가를 하지도 않았다.

하지만 나는 그리폰들과 시포라는 가족과 사랑하는 모두를 만나서 여러 가지를 알았다. 이야기해야 알 수 있는 것이 있음을 모두와 만나고 알았다. 이대로 우물쭈물 고민해 봤자 소용없어서 가이아스와 이야기하자고 결심했다.

하지만 가이아스와 이야기할 기회는 좀처럼 찾아오지 않았다. 나를 피하는지 가이아스는 내 쪽으로 별로 오지 않았다.

그리고 이동 중이어서 주위에 사람이 있을 때가 많았다.

가이아스에게 다가가지 못한 채, 언제 물어볼까 타이밍을 쟀다.

그렇게 며칠이 지나 가이아스에게 이야기를 들을 기회가 생겼다.

밤이었다.

하늘을 올려다보니 별들이 반짝이고 있었다. 캄캄한 하늘에 뜨문뜨문 빛이 반짝이는 모습이 예뻤다.

밤하늘을 올려다보면 마음이 차분해진다. 아니, 밤하늘뿐만 아니라 자연과 접하면 마음이 차분해진다.

가이아스와 맹세했을 때도 이런 밤이었다. 왠지 잠이 오지 않아서 그런 생각을 하며 조금 걸었다.

"아……."

걷다 보니 가이아스가 있었다.

가이아스도 밤하늘을 보고 차분해지고 싶었던 걸까? 하늘을 올려다보며 서 있다.

가이아스가 나를 알아차리고 눈이 마주쳤다.

"레룬다."

"가이아스……."

가이아스와 마주 보았다. 하지만 가이아스는 도망치듯 발길을 돌려 떠나려고 했다.

나는 그런 가이아스의 팔을 황급히 붙잡았다. 가이아스는 나와 이야기하기 싫은 걸지도 모른다. 하지만 나는 가이아스의 이야기를 듣고 싶었고 무슨 생각을 하는지 알고 싶었다. ──── 그래서 이 기회를 놓치기 싫었다.

"가이아스, 얘기하자."

팔을 잡혀서 깜짝 놀란 얼굴을 한 가이아스를 빤히 바라보았다. 당황한 가이아스에게 그렇게 말하자 고개를 끄덕였다.

그래서 둘이 나란히 땅에 앉았다.

"가이아스는……."

나는 가이아스가 무슨 생각을 하는지 알고 싶었다. 하지만 억지로 이야기를 들은 건 아니라서 말을 잇지 못했다.

가이아스는 나를 보고 살짝 웃고서 말했다.

"레룬다, 내가 무슨 생각을 하는지 궁금한 거지?"

가이아스는 내가 무엇을 물어보고 싶은지 알고 있었다. 내가 고개를 끄덕이자 가이아스가 입을 열었다.

"레룬다는…… 마물을 퇴치 때도 대단했고 평소에 먹을 걸 찾는 등 모두를 돕잖아."

가이아스가 내 이야기를 했다. 가이아스는 내가 대단했다고 말했지만 나는 필사적이었을 뿐이고 여유 따위 없어서 그저 막무가내로 움직였을 뿐이었다.

"모두에게 힘이 되고……. 그리폰님들과 스카이호스와 계약하고 이번에는 정령과도……."

"……응."

가이아스의 고민은 나와 관련된 걸까. 나는 알 수 없기에 가이아스의 이야기를 들었다. 가이아스를 알고 싶으니까.

"레룬다는…… 그, 신녀일지도 모르고 대단하고……."

"대단하지 않아."

"아니, 대단해. 모두를 돕고 있어. 하지만 나는—— 모두가 안심할 곳을 만들고 싶다고 말은 했지만 형편없잖아."

가이아스가 무슨 말을 하는 건지 모르겠다.

가이아스가 형편없다고? 아니다.

가이아스는 언제나 상냥하고 나를 도와줬다. 늘 가이아스에게 도움을 받았다. 가이아스는 대단했다.

"——나는 말뿐이고 레룬다처럼 행동하지 못해. 전혀 힘이 없어. 마물을 퇴치할 때도 나는 아무것도 못 했어."

"……그렇지 않아. 가이아스, 항상 상냥해. 나는 덕분에 도움, 많이 받아. 그리고 나는, 안심할 곳을 만들고 싶다는 생각, 못 했어. 가이아스는, 생각해서, 모두에게 전했어. 그래서, 다른 사람들도 그러는 게 좋겠다고 말했어."

가이아스가 항상 상냥한 덕분에 나는 도움받는다. 그리고 우리의 맹세가 모두의 목표가 된 것도 가이아스가 말한 소원에서 시작됐다.

가이아스가 말을 꺼내지 않았다면 그 멋진 소원이 모두의 목표가 되는 일은 없었을지도 모른다. 가이아스에게 듣고 멋지다고 생각해서 나도 그 소원을 이루고 싶다고 바랐다.

"나는 가이아스 덕분에 이렇게, 앞을 보게 됐어. 가이아스, 형편없지 않아. 가이아스, 대단해!"

가이아스 본인이 아무리 자신은 형편없다고 말해도, 나는 가이아스는 대단했다. 가이아스는 대단하다고 몇 번이고 전하고 싶다.

가이아스가 있어서 지금의 내가 있다고 자신 있게 말할 만큼 나는 도움받고 있었다.

자신을 소중히 여기지 못하고 그저 살아갈 뿐이던 내가 이렇게 자기 의지로 힘내자고 생각하게 된 건 가이아스 덕분이었다.

그리고 '모두가 안심할 수 있는 곳을 만들고 싶다'라는 목표를 품은 것도 가이아스가 그 목표를 내게 가르쳐 줬기 때문이었다. 이렇게 멋지고 커다란 목표는 나 혼자였다면 절대로 생각해 내지 못했고 목표를 위해 노력하자고 생각하지도 않았을 것이다.

가이아스가 있어서 나를 격려하고 내 손을 끌었기 때문에 가능했다.

"그런가?"

"응. 가이아스, 대단해!"

진심으로 그렇게 생각했기에 망설이지 않고 말했다.

"고마워……. 하지만 나는 좀 더 모두를 돕고 싶어. 입만 산 게 아니라 더 강해지고 싶어. 모두를 지키고 싶어."

"응, 그럼 함께 노력하자."

"그래."

"나, 가이아스가 강해지길 기도할게."

"고마워, 레룬다. 그리고 미안해."

"왜, 사과해?"

"서먹서먹하게 굴었으니까. 내가 갑자기 그런 태도를 보여서 레룬다도 곤란했지?"

가이아스는 그렇게 말했다.

"왜 그러나 싶었지만, 이제 가이아스가 무슨 생각을 하는지 알아서 기뻐. 친구랑, 싸운 것도 처음이었고."

"하하하, 그런가."

가이아스가 웃었다. 조금은 속이 개운해졌을까? 그랬으면 좋겠다. 가이아스가 강해지고 웃길 기도하자.

그리고 나도 함께 노력해 나가고 싶다.

──이튿날, 생각지도 못한 변화가 하나 일어났다.

나는 제법 푹 잠들어 있었다. 하지만 주변이 어수선해서 깜짝 놀라 벌떡 일어났다.

뭐지? 무슨 일이 생겼나 싶어 어수선한 곳으로 향했다.

그 중심에 가이아스가 있었다.

가이아스가 당황한 표정을 짓고 있었다.

"어라……?"

가이아스의 귀와 꼬리 색이 달랐다. 갈색이었던 귀와 꼬리가 아름다운 은색으로 물들어 있었다.

"예쁜 은색……."

귀와 꼬리의 은색은 내가 이제껏 본 것 중에서 가장 아름다웠다.

깨어나 보니 귀와 꼬리 색이 변해 있었다.

이거, 혹시 내가……. 나도 모르게 레이마를 보았다.

레이마도 깨어나 보니 털색이 바뀌어 있었다.

가이아스에게도 똑같은 일이 일어났나? 내가…… 일으켰나? 나는 사람들에게 둘러싸인 가이아스에게 황급히 다가가 말했다.

"……가이아스, 색깔, 나 때문일지도 몰라."

"레룬다 때문이라고?"

"응…… 레이마도, 내가 다치지 않았으면 좋겠다고 바라니까, 금색으로 변했어. 나, 가이아스를 위해 기도했어. 어쩌면…… 그래서 그런 걸지도 몰라."

나 때문일지도 모른다.

아니, 분명 나 때문이다.

그렇게 생각하니 무슨 말을 해야 좋을지 몰랐다. 나 때문에 가이아스가 바뀌어서 어째야 하나 싶었다.

"그런가……."

"응, 아마도……. 가이아스, 꿈꿨어?"

"꿨어."

"……미안, 해."

"왜 사과해?"

"가이아스, 스스로 힘 기르고 싶다고 했어. 그런데, 내가 가이아스한테 뭔가 하고 말았어. 가이아스는, 바라지 않았을지

도 모르는데.”

가이아스는 자기 힘으로 노력해서 강해지고자 했다. 그런데 내가 멋대로 힘을 준 것일지도 모른다. 가이아스는 그런 걸 바라지 않았을 수도 있는데.

어쩌면 가이아스가 날 미워할지도 모른다. 그렇게 생각하니 긴장됐다.

“레룬다, 아마 그렇진 않을 거예요. 가이아스는 레룬다로부터 축복을 받은 것 같지만, 그 축복은 받는 측이 승낙해야만 성립될 테니까요.”

내 말에 제일 먼저 대답한 사람은 란 씨였다.

그러고 보니 레이마도 꿈에서 어떤 질문을 받아서 대답했더니 바뀌었다고 한 것 같다. 가이아스도 그런 걸까.

“가이아스, 그래?”

“응……. 물어봐서 대답했고…… 내가 받아들인 건 확실해. 그냥 꿈인 줄 알아서 설마 이렇게 바뀔 줄은 몰랐지만.”

꿈이라고 생각해서 받아들였는데 결과적으로 자신이 바뀌다니 기습도 이런 기습이 없고, 가이아스가 바란 변화인지 알 수 없었다.

“역시, 미안해. 가이아스는 변화를 바라지 않았을지도 몰라. 나, 쓸데없는 짓을 했을지도 몰라.”

“신경 쓰지 않아도 돼. 어떤 식으로든 힘이 손에 들어오는 건…… 뭐, 복잡하지만 기쁜 일이니까.”

“응…….”

"겉보기에는 색이 바뀌었을 뿐인데 뭔가 힘이 솟아나는 느낌이 들어. ……하지만 지금은 힘을 받았을 뿐이니까 주어진 이 힘을 온전히 내 것으로 만들고 싶어. 받은 힘을 감당하고 모두를 돕도록."

가이아스는 내 눈을 보고 말했다.

가이아스가 나를 미워하지 않는다는 것을 알고 안도했다.

가이아스는 역시 상냥하고 강한 마음을 지녔다. 그렇지 않다면 내가 신녀일지도 모른다고 고백했을 때 그런 태도를 보이지 못했을 것이다.

그리고 지금도 모두를 돕지 못한다며 울적해하면서도 비굴해지지는 않았다.

──가이아스는 역시 대단하다. 나보다 훨씬 더 대단한 남자아이다.

"응…… 나도 힘낼 거야. 신녀의 것일지도 모르는 힘이 있고, 모두와 계약했지만…… 나 자신에게는 힘이 없어."

가이아스의 고민은 나도 생각하던 것이었다.

내게는 특별한 힘이 있을지도 모른다. 그리고 모두와 계약했다. 다들 정말 굉장하지만 나 자신은 전혀 대단하지 않았다. 좀 더 모두의 계약자에 걸맞은 존재가 되고 싶다. 모두와 당당히 함께 있을 수 있고 싶다.

"그러니까 가이아스, 같이 힘내고 강해지자."

"응……."

"레이마, 몸집이 커졌어. 가이아스는, 어떻게 변했는지 알아야 해.”

“응.”

레이마는 색이 변했을 뿐만 아니라 몸집도 커졌지만, 가이아스는 몸이 커진 것 같지는 않았다. 귀와 꼬리 색이 변했는데 그것 말고도 뭔가 바뀌었을까? 그것도 알아야 했다.

신녀의 것일지도 모르는 힘에 관해 나 자신이 더 알아야 하는 것과 마찬가지로 가이아스에 관해서도 알아 가야 한다고 생각했다.

“역시 레룬다는 신녀예요.”

란 씨는 그렇게 중얼거리며 뭔가를 적었다.

◆

나와 가이아스가 나눈 대화를 모두가 들었다.

“가이아스가 바뀐 건 레룬다 덕분이구나. 우리는 가이아스처럼 못 하지만 함께 노력하고 싶어.”

“나도 레룬다랑 가이아스에게 뒤처지지 않게 힘낼 거야!!”

“같이, 힘내자.”

시노미와 카유가 다정하게 미소 지으며 선언해서 내가 대답하자 두 사람은 더 환히 웃었다. 가이아스도 수인 남자아이들과 비슷한 대화를 나눴다.

“나도 더 강해지고 싶어.”

“가이아스한테 지지 않을 거야!”

"더 노력해서 모두를 도울 거야."

아이들의 말에 가이아스가 대답했다.

"그래. 나도 지지 않게 노력하겠어."

그렇게 남자들끼리 서로 향상심을 불태우는 게 왠지 좋아 보였다. 나도 끼고 싶어서 쳐다보니 이루케사이가 레룬다한테도 지지 않을 거라고 했다.

살 곳을 찾아 나아가면서 시노미, 카유, 이루케사이, 루체노, 리리드, 단동가와 함께 강해지고자 몸을 움직였다.

체력을 기르는 것도 모두를 지키려면 필요한 일이었다. 체력이 없으면 여차할 때 움직이지 못하니까.

남자아이들은 가이아스의 귀와 꼬리가 은색이 되어서 멋있다고 했다.

나는 변화한 부분을 빤히 바라보며 갈색 귀와 꼬리도 좋지만 은색 귀와 꼬리는 더 좋다고 생각했다.

가이아스는 변화가 찾아온 뒤로 예전보다 마력이 더 잘 느껴진다고 했다. 신체 강화 마법도 제대로 쓰게 됐다.

하지만 다른 아이들은 마력이 없는 모양이라서 신체 강화 마법을 쓸 수 없었다. 그래서 서운해하는 아이도 있었지만 수인은 원래 마법을 못 쓰는 자가 많은 종족이니 어쩔 수 없었다.

"마법 못 쓰면, 몸을 단련하면 돼."

나는 그렇게 말했다.

"나, 너희만큼 신체 능력 뛰어나지 않아. 그 강점을 살려서 노력하면 돼."

나는 신체 강화 마법을 쓸 수 있지만 신체 능력 자체는 수인이 훨씬 높았다. 그렇게 생각하면 수인이면서 강화 마법도 배운 가이아스의 신체 능력은 굉장할 것 같다.

그리고 다들 특기가 똑같다면 가능한 일의 범위도 줄어든다. 요즘에는 각자 특기가 달라서 좋은 거라고 생각하고 있다.

나는 프레네에게 바람 마법을 배우고 있었다. 바람 마법을 쓰는 건 신체 강화 마법보다도 어려웠다. 마물을 퇴치했을 때는 프레네가 도와줘서 마법을 썼다.

"어려워……."

프레네의 도움 없이 마법을 쓰려고 하니 전혀 생각대로 안 돼서 조금 울적해졌다.

그리고 땅 마법은 엘프들에게 조금씩 배우고 있었다. 이쪽은 바람 마법보다도 어려웠다. 역시 나는 바람 마법 쪽 적성이 좋은 듯했다.

여러 가지를 시도해서 어중간해지면 안 되니까 우선은 바람 마법을 쓰는 것이 첫 번째 목표다.

덧붙여서 프레네는 꽤 엄한 선생님이었다.

"레룬다, 그렇게 하는 게 아니야!"

"으음, 그럼 이렇게?"

마력을 다듬어서 시도했지만 또 실패했다. 그래도 프레네는 끈기 있게 가르쳤다.

"그 부분은 이렇게 해서——."

프레네가 나를 생각해 필사적으로 가르치는 걸 알기에 나도 부응하려고 필사적으로 배웠다.

바람 마법을 잘 쓰게 되면 그리폰이나 시포처럼 하늘을 날고 싶다. 다 같이 하늘을 날고 싶다는 목표가 있으니 배우는 게 어려워도 힘내자고 의욕이 생겼다.

프레네가 도와줘도 실패하니까 무선은 도움 없이 마법을 쓸 수 있게 노력하자!

"나는 또 뭘 할 수 있을까……?"

가이아스는 힘을 받은 지 얼마 안 되어 무엇이 가능한지 명확히 몰라서 곤란해했다. 마력을 쉽게 느끼게 됐지만 그것 말고 뭔가 또 바뀌었을까?

"뭔가, 할 수 있을 듯한 거 없어?"

"음…… 힘이 솟아나는 느낌은 드는데 뭘 할 수 있을지 모르겠어."

가이아스는 곤란한 얼굴이었다. 귀와 꼬리를 보면 의기소침한 것을 알 수 있었다.

"나도 바람 마법, 잘 안 돼."

"응."

"……우리, 아직 멀었어. 조금씩 힘내자."

"응."

조금씩 힘내자는 말에 가이아스도 고개를 끄덕였다.

가이아스의 변화와 우리가 가능한 일에 관해 란 씨와도 이야기했다.

란 씨는 박식하니 도움 될 만한 것을 알려줄지도 모른다.

"레이마도 가이아스도 레룬다로부터 축복을 받은 것으로 보여요. 레이마와 가이아스가 레룬다의 기사가 된 건 좋은 일이에요. 다만 기사의 수는 한정되어 있어요. 쉽게 축복을 주지 않는 편이 좋을 거예요. 물론 조건이 있을 테니 간단히 축복을 주지는 못하겠지만요."

축복 이야기는 란 씨에게 약간 들은 적이 있었다. 하지만 내가 그런 일을 할 수 있음을 막연하게 알았을 뿐이었다.

그 축복을 가이아스에게 줬고 귀와 꼬리 색이 바뀌었다.

"수가 한정되어 있다면, 어느 정도?"

"모르겠어요. 다만 문헌에 '신녀의 기사'는 한정되어 있다고 적혀 있고 직접 축복을 받았다고 하는 자는 확실히 얼마 없어요."

"응."

"그러니 제대로 생각하고 축복을 주는 편이 좋을 거예요. 물론 가장 좋은 건 레룬다가 원해서 주는 거겠지만요……."

"응."

바라거나 기도했을 때 변화가 일어나기에 제대로 생각하는 편이 좋다고 해도 솔직히 잘 모르겠다.

내 바람과 기도가 다른 사람에게 축복을 주는 계기가 된다. 하지만 그걸 어떻게 제어할 수 있을까.

"레룬다가 좋아하는 사람에게 축복을 주는 게 좋겠죠. 다만…… 그걸 노리고서 본심을 숨기고 레룬다를 회유하려 드는 사람도 나올 수 있어요. 앞으로 어떻게 될지 모르겠지만 지금처럼 사람이 적을 때는 괜찮겠죠. 하지만 앞으로 동료가 늘어났을 때 모두가 레룬다에게 상냥하지 않을 수도 있어요. 레룬다가 좋아하고 신뢰하는 상대가 쭉 한결같을지는 알 수 없으니까요……."

"……응."

어려운 이야기다. 내가 좋아하고 신뢰하는 상대여도 줄곧 그런 존재일지는 알 수 없다.

예를 들어 지금은 사이좋게 지내는 란 씨가 나중에는 나를 싫어할 수도 있다는 걸까. 그럴 일은 없다고 믿고 싶지만 그럴지도 모르는 것이 현실이리라.

"──어려운 이야기를 해서 미안해요, 레룬다."

"응."

"레룬다는 신녀일지도 모르니까 제대로 생각해야 해요."

"……응."

나는 란 씨의 말에 고개를 끄덕였다. 어려운 이야기지만 내가 신녀일지도 모르기에 생각하고 마주해야만 하는 일이었다.

나는 란 씨의 이야기를 듣고 그것을 한층 실감했다.

막간 왕녀와 상회 / 왕자와 질책

나, 니나에프 페어리는 힉드 미가 님과 약혼했다.

힉드 님은 신녀일지도 모르는 소녀와 만났다고 말했다.

물론 힉드 님이 거짓말했을 수도 있다. 하지만 내가 보기에 힉드 님은 전혀 그러는 것 같지 않았다.

신녀일지도 모르는 소녀와 어디서 만났는지 조금 들었다. 힉드 님은 마물이 많아 양국이 개척하지 못하는 숲속에서 만났다고 했다. 하지만 다른 사람들 앞에서는 이런 내밀한 이야기를 할 수 없었다.

──이 일은 양국 국왕에게 말해야 할 안건일지도 모른다.

하지만 나는 아바마마에게 보고하는 것을 망설였다. 힉드 님도 마음에만 담아 두고 있는 것 같았다.

신녀일지도 모르는 소녀. 어째서 힉드 님은 그 존재를 나한테만 알려 줬을까.

내게 뭔가 기대하나? 아니면 그저 누군가에게 말하고 싶었던 걸까.

우리 나라에 있는 신녀가 진짜 신녀가 아니라면…….

앞으로 양국은 어떻게 될까. 페어리트로프 왕국은 무사하지 못하겠지.

국민이 신녀가 가짜라는 것을 알면 대신전에 있는 앨리스 님은 신녀를 사칭했다며 큰일을 당할 것이다. 가짜 신녀를 신녀라고 내세운 대신전도 마찬가지다. 그 사실이 드러나면 미가 왕국도 페어리트로프 왕국의 영향으로 어떻게 될지 솔직히 모르겠다.

……힉드 님이 만난 소녀가 진짜 신녀라 해도 나는 그 소녀를 찾을 방도가 없다. 힘없는 왕녀인 나는 움직일 수 없다. 그렇다면 어떻게 해야 할까.

일단 내가 첫 번째로 생각하는 것은 신녀로 보호받는 앨리스 님이 진짜 신녀가 아님을 알았을 때 움직일 힘을 기르는 것이다. 지금은 변방에서 조금씩 아군을 늘리는 중이지만 만약 나라에 무슨 일이 생겼을 때 움직일 만한 힘은 없었다.

대신전에 믿을 만한 연줄이 생긴다면 이야기가 달라지지만 현재로서는 어려웠다.

그리고 힉드 님과 더 깊은 교류를 맺어야 한다. 힉드 님은 기사를 통솔한다고 들었고 시종은 진심으로 힉드 님을 따르는 것처럼 보였다.

하지만 힉드 님은 그자를 별로 돌아보지 않는 것 같았다. 어째서 마법을 쓸 줄 아는 재능 넘치는 왕자인 힉드 님의 눈에 그렇게나 근심이 어려 있을까.

어째서 늘 모든 것을 포기한 표정을 짓는 걸까. 힉드 님과 진정히 협력하게 되면 페어리트로프 왕국이 붕괴했을 때 좀 더 움직이기 쉬워질 것 같은데. 힉드 님의 사정을 더 깊이 파고들면 왜 그러는지 알 수 있을까.

──그렇게 많은 생각을 하는 가운데 한 상인이 내게 왔다.

국내외로 강한 힘을 가진 베네 상회의 사람이었다. 어째서 그런 자가 나를 찾아왔는지 처음에는 도통 이해할 수 없었다.

그 상인은 생긋 웃고서 말했다.

"──우리 상회의 주인은 신녀님의 가정 교사였던 란드노 스토파 님과 오랜 친구 사이라서요. 란드노 님이 추방당했을 때부터 이 나라는 끝났다고 포기했습니다. 하지만 페어리트로프 왕국이 완전히 붕괴하면 우리 상회도 큰 손해를 봅니다. 그래서 그렇게 되지 않도록 움직이려는 것이죠."

란드노 스토파. 이름은 파악하고 있었다.

신녀로 보호받은 앨리스 님의 교육 담당이었던 여성. 그녀가 어디로 갔는지는 모른다. 나라에서 모습을 감췄다는 이야기는 풍문으로 들었다.

신녀를 공개하긴 했지만 대대적으로 활동하지는 않았다. 이 나라는 이제 틀렸다고 생각하는 사람은 나뿐만이 아니었고 나와 비슷한 생각을 하고 움직이는 사람이 있었다. 그 사실에 마음이 조금 가벼워졌다.

이 나라는, 아니 사람들은 신녀를 맹신하고 있다. 신녀만 있으면 나라는 평안하고 붕괴하지 않는다고 굳게 믿었다.

그래서 신녀를 보호하고 있으니 큰일이 벌어질 리 없다고 여겼다.

　"그래서 왜 저한테 온 거죠?"

　"정보를 수집한 결과, 왕녀 전하의 행동이 신경 쓰였습니다. 왕녀 전하는 현실을 제대로 보고 계십니다. 다른 왕족이었다면 제 말에 화를 내셨겠죠. 지금 그러시지 않는 것만 봐도 왕녀 전하가 이 나라 상황을 올바르게 파악하셨다는 걸 알 수 있습니다. 우리 주인님은 향후를 생각해서 전하와 협력 관계가 되고 싶어 하십니다."

　"협력 관계……?"

　"네. 저희는 전하를 이용할 겁니다. 그러니 전하도 저희를 이용하세요. 그런 관계를 바랍니다."

　"이용한다고요——."

　"네. 이용하고 이용당하는 관계입니다."

　빙그레 웃으며 그렇게 말하는 여성에게 고개를 끄덕였다.

◆

　나, 힉드 미가의 약혼자인 니나에프 페어리가 움직였다는 보고를 부하—— 어릴 때부터 내 곁에 있는 다섯 살 많은 남자인 에지에게 들었다.

　니나는 내게 없는 행동력을 가졌다. 게다가 앞으로 어떻게 하고 싶은지 명확한 목표를 가졌으리라.

니나의 목적을 알기 위해 이야기하는 자리를 마련하고 싶다. 그렇게 생각하며 에지를 포함한 내 시종들을 힐끔 보았다. 시종이라고 해도 아바마마가 붙인 자로, 정식으로 내 밑에 있지는 않았다.

──니나의 목적을 알고 싶다. 하지만 혼자서는 이야기할 자리를 마련할 수 없었다. 현재 나와 가장 가까이 있는 시종들은 내 입장이 나빠질 만한 일은 아바마마에게 보고하지 않는 것 같았다.

──신녀일 소녀와 만난 것을 아바마마에게 들키지 않은 것도 시종들이 보고하지 않았기 때문이었다.

"──힉드 님, 왜 그러십니까?"

"……."

니나와 이야기하고 싶다. 그리고 이야기한 내용을 절대로 아바마마에게 보고하지 않았으면 좋겠다.

그렇게 말하면 에지는 어떻게 할까. 말 그대로 니나와 내가 단둘이 될 수는 없을 것이다. 문밖에 시종과 호위가 있어서 이야기가 들릴 것이다. 그 상황에서 어디까지 이야기할 수 있을까.

나는 그렇게 고민했지만 결국 행동에 옮기지 못했다. 아바마마를 적대하듯 행동하는 것을 두려워했다.

그렇게 고민만 이어가던 어느 날, 니나 쪽에서 나를 찾아왔다.

나와 니나는 서로의 시종을 한 명씩 문밖에 남긴 상태로 마주했다. 나는 아바마마를 적대하는 것이 두려워서 행동하지 못했는데. 니나는 대단하다고 감탄할 수밖에 없었다.

그나저나 무슨 이야기를 하려는 걸까.

"힉드 미가 님, 전하는—— 앞으로 어떻게 움직이실 생각인가요?"

니나는 의지가 담긴 눈으로 나를 보았다. 나와는 정반대로 하려는 일을 정하고 움직이는 것이 그 표정에서 보였다. 나는 자기 의사가 없는 인형처럼 아바마마가 명령하는 대로 움직였다. 그런 나와 니나는 정반대라고 실감했다.

"무슨 말이지?"

"페어리트로프 왕국은 조만간 붕괴하겠죠."

니나가 그렇게 고했다. 밖에 시종이 있는데도 중대한 이야기를 해서 깜짝 놀랐다.

"——미가 왕국도 어떻게 될지 알 수 없어요. 그때 힉드 님은 어떻게 하실 건가요?"

어떻게 할 거냐고 묻는 니나의 그 눈은 한없이 올곧았다. 강한 의지가 담긴 눈이 나를 바라보고 있었다.

나는 그 질문에 바로 대답하지 못했다.

"——페어리트로프 왕국의 상황이 심각해졌을 때, 저는 백성을 위해 움직이고 싶어요. 그리고 지금 대신전이 보호하는 앨리스 님을 보호하고 싶어요. 페어리트로프 왕국이 붕괴하면 앨리스 님의 입장은 아마 위태로워질 거예요. 하지만 앨리스 님은 아직 어린아이예요. 저보다 어린 소녀에게 책임을 전부 떠넘기는 건 잘못됐어요. 그러기 위해 저는 움직이고 있어요.

현재 제 목표는 그거예요. 힉드 님은 어떻게 하실 건가요?"

페어리트로프 왕국도 미가 왕국도 어떻게 될지 모른다. ──그건 사실이리라.

보호 중인 신녀가 가짜인 시점에서 페어리트로프 왕국은 붕괴의 위기에 놓였다. 신녀를 적으로 돌린 것과 같다.

게다가 소녀가 신녀로 보호받은 것은 일곱 살 때다. 신녀는 얼마 전에 아홉 살이 됐다고 했으니 그 정도 시간이 지났으면 정말 신녀가 맞는지 의문을 가지는 자가 조금씩 늘어났을 수도 있다.

미가 왕국도 이웃 나라인 페어리트로프 왕국의 영향을 강하게 받을 것이다. 나는…… 아바마마를 절대적인 존재라고 여겼었다. 니나의 말을 듣고 그것을 실감했다. 큰일이 벌어질 거라고 생각하면서도 미가 왕국이 사라지리라고는 생각하지 못했다.

"나는……."

니나의 목표를 듣고 나는 니나를 대단한 왕녀라고 생각했다. 명확한 목적이 있고 그 목적을 위해 움직였다. 나와는 크게 달랐다.

그런 니나가 눈부셨다.

하지만──.

"나는…… 움직이지 않아."

내 입은 그렇게 말했다.

"움직이지 않는다고요? 어째서죠? 전하는 저보다도 힘이 있는데 왜 움직이지 않겠다는 건가요?"

"나는…… 너만큼 강하지 않아."

내가 무슨 말을 하는 걸까. 문밖에 시종이 있는데 이런 본심을 꺼내다니. 하지만 니나가 한없이 올곧게 나를 바라봐서 무심코 말이 흘러나오고 말았다.

"강하지 않다고요?"

"그래. 나는── 아바마마를 거역할 수 없어. 아무리 생각하는 바가 있더라도 움직일 수 없어. 아바마마가 바라는 내가 되려고 하겠지. 그에 비해 니나는 강해. 나는 아바마마의 명령을 따라서 행동하지만, 니나는 자기 의지로 행동하지."

나는 그렇게 말하고 니나를 보았다. 니나는 뭐라 말할 수 없는 표정을 지었다. 나의 이런 모습을 니나는 한심하게 볼 것이다. 내가 생각하기에도 나 자신이 한심했다.

"그러니 내게 기대하지 마. 나는 네가 바라는 것처럼 움직이지 못해. 하지만 널 방해하지도 않을 거야. 밖에 있는 시종에게도 그렇게 명령하겠어. 시종이 그 명령을 따를지는 모르겠지만."

그 말을 마지막으로 이야기는 끝났다고 생각했다. 그래서 등을 돌려 문을 열고 에지에게 명령하려고 했다. 하지만 자리에서 일어난 순간 니나가 나를 불러 세웠다.

"──힉드 미가 님!"

큰 목소리에 깜짝 놀라서 돌아보자 나보다 키가 작은 니나가 손을 뻗어 내 뺨을 때렸다.

나는 그런대로 몸을 단련했기에 크게 아프지는 않았다. 다만── 양쪽 뺨을 맞아서 놀랐다.

"──전하는 그저 도망치는 거예요! 핑계를 대고 무서워서 도망치는 거야! 전하는 저보고 강하다고 하셨지만 아니에요. 저도 앞으로 어떻게 될지 많이 불안해요. 그리고 저도 아바마마와 적이 될지도 모른다고 생각하면 무서워요. 하지만── 무섭다고 움직이지 않으면 아무것도 못 해요!"

니나는 내 눈을 똑바로 보고 자기 생각을 부딪쳐 왔다. 목소리가 야단치는 듯했지만 진심에서 우러나온 말이었다.

"움직이지 않고 도망치기만 해서는 해결 못 하는 일이 많아요. 진하는 상황을 외면하고 있어요. 미가 왕국 국왕 폐하를 거역할 수 없다고 무섭다고 핑계를 대고 도망칠 뿐이에요. 뜻을 가지고 있어도 그 뜻을 관철하려고 하지 않아요. 그저 물이 흐르는 대로 떠내려갈 뿐이에요. 하지만 전하에게는 힘이 있어요. 왕족이고 검 실력이 있고 마법도 쓸 줄 알고 무엇보다 전하를 진심으로 걱정하는 부하가 있어요. 도망치지 마세요! 전하는 저보다도 적극적으로 움직일 수 있는 힘을 가졌어요. 그만큼 힘이 있으면 전하는 행동할 수 있어요!"

나를 보고 도망치고 있을 뿐이라고, 뜻을 가졌어도 움직이려 하지 않는다고 했다.

"전하는 뭘 포기하고 있는 건가요! 왜 포기하고 움직이기 전부터 못 한다고 결론짓는 건가요. 움직이지 않으면 결과가 어떻게 될지 아무도 몰라요. 움직인 결과 큰일을 겪을지도 모르죠. 하지만 타인의 뜻대로 행동해서 심각한 결과를 초래하는 것보다 자신이 결심해서 자기 뜻대로 하다가 심각한 결과를 초래하는 편이 무조건 낫다고 생각해요. ──전하는 이대로 계속 국왕 폐하의 명령으로만 움직일 건가요? 전부 포기하고 그대로 떠내려가서 국왕 폐하와 함께 멸망할 건가요?!"

니나가 내 눈을 바라보고 물었다.

"미가 왕국의 7왕자 힉드 미가 님, 다시 묻겠어요. 전하는 어떻게 하실 생각인가요?"

니나는 내 뺨에서 손을 떼지 않은 채 나를 똑바로 보고 다시 물었다.

"나는──."

그리고 나는 그런 니나에게 대답했다.

3 소녀와 새로운 땅

"이곳은 공기가 아주 좋아. 정령수의 서림나무도 기뻐해."

프레네가 그렇게 말한 곳은 작은 산이 옆에 있는 곳이었다. 작은 폭포도 근처에 있었다. 수인 마을에서 살 때는 너무 멀어서 이 근처에 있는 산이 안 보였다.

더 남쪽으로 가면 더 큰 산이 있는 것이 지금은 보였다. 산에 오르면 우리가 나아가는 숲이 어디까지 이어졌는지 알 수 있을지도 모른다.

페어리트로프 왕국과 미가 왕국 남쪽에 펼쳐진 이 숲은 이렇게나 광대하고 어떤 위험이 있을지 모르기에 개척되지 않은 것이리라.

란 씨는 내가 있어서 마물에게 거의 습격받지 않고 여기까지 왔을 거라고 했다. 내 존재가 모두에게 도움이 된다니 기뻤다.

우리는 지금 프레네의 말을 듣고 이곳에 살지 말지 검토하려고 주변을 산책하고 있었다. 아무리 정령수와 정령이 지내기 좋은 곳이어도, 사람이 살기 좋은 곳이 아니면 소용없기 때문이다.

다 같이 지낼 곳을 만드는 것이 우리의 목표니까.

결국 다 함께 둘러보고 여기가 좋겠다고 판단하여 집을 짓기로 했다.

"만세! 드디어 푹 쉴 수 있어!"

시노룬 씨가 그렇게 외치자 다른 사람들도 저마다 말하기 시작했다.

"마침내 정착할 곳을 찾았네."

"반드시 이곳을 살기 좋은 땅으로 만들겠어!"

"우으…… 드디어 여기까지 왔어."

감격하여 눈물을 흘리는 사람도 있을 정도였다. 다들 기뻐해서 나도 기뻤다. 마침내 정착할 곳을 찾아서 다들 한마음으로 기뻐했다.

우선 정령수의 서림나무를 어디에 심을지 의논했다. 이전에는 엘프 마을과 떨어진 곳에 있었지만 이번에는 마물의 영향이 없어서 밖에다 심을 필요는 없었고 중심부에 있는 편이 지키기도 쉬웠다.

정령수의 서림나무는 요전번에 세 개를 손에 넣었다. 그중 하나를 심는다. 남은 두 개는 이곳을 떠날 경우를 고려하여 잘 간수하면 된다고 했다.

그러면 만에 하나 다른 곳으로 이동해야 할 때도 정령수와 정령들을 지킬 수 있다고 했다.

"──장소, 어디가 좋을까."

"이 주변에는 좋은 마력이 흐르니까 여기에 심으면 될 거야."

"그래?"

"응. 토지에 흐르는 마력이 굉장히 기분 좋아. 나도 여기에 있으면 편안해."

"그렇구나."

프레네가 토지에 흐르는 마력이 굉장히 기분 좋다며 이곳에 심는 게 좋겠다고 알려 줬다. 다른 사람들도 그 말을 듣고 그럼 여기에 심자고 했다.

원래 거기 있었던 나무를 몇 그루 베서 탁 트인 장소를 만들고 그곳에 다 같이 정령수를 심었다. 나는 정령수 안에서 쉬는 정령들이 빨리 기운을 되찾으면 좋겠다고 바라며 정령수를 심었다.

정령수를 심은 뒤에 마을을 어떻게 만들어 나갈지 이야기를 나눴다.

"우리 엘프의 집은 역시 나무 위에 만들고 싶어."

"우리는 나무 위가 아니라 땅에 짓고 싶어."

"당연히 정령님을 모시는 곳도 만들고 싶어."

"사냥한 마물을 해체하는 장소도 필요해."

서로 의견을 냈다. 나랑 란 씨에게도 물어봤지만 나는 계약수들과 함께 살 수 있는 집이라면 어느 쪽이든 좋았다. 집을 짓는 장소는 저마다 다르니까 각자가 편하게 살 곳을 만들어 나가고 싶다.

란 씨는 나와 함께 살고 싶다고 했기에 결국 나와 란 씨, 그리폰, 시포, 프레네가 함께 살 수 집을 만들고 싶다고 희망 사항을 말했다. 집 밖에 그리폰의 둥지도 만들면 좋겠다. 내 희망은 그 정도였다. 모두가 편히 살 집이 완성되면 좋겠다.

제시히 씨는 약초원을 갖고 싶다고 했다. 그렇게 모두가 희망 사항과 의견을 말했다. 각자가 바라는 것이 있었다. 이렇게 다 같이 살 곳을 만들어 나가는 것은 힘든 일일지도 모르지만 즐거웠다.

다 함께 만드는 우리의 장소.

정말 아무것도 없는 이곳에 우리가 쭉 살고 싶은 장소를 우리 손으로 만들어 나간다. 그건 아주 기쁘고 멋진 일이었다.

만들고 싶은 것이 정해지자 다음은 어떤 나무를 벨지, 배치는 어떻게 할지 이야기했다. 하지만 중요한 이야기여서 그런지 좀처럼 결정되지 않았다. 의논하는 사이에 날이 어두워졌기에 다 같이 모여 잤다.

이곳은 공기가 상쾌했다. 바람이 기분 좋아서 마음이 차분해졌다.

새로 살 곳을 찾아서 마음이 설레었다. 이곳에서 우리는 새로운 걸음을 내디딘다. 앞으로 어떻게 될지 모르겠지만 이곳에 살기 좋은 마을을 만들고 지키고 싶다.

하늘을 올려다보니 별들이 반짝였다. 그 별들이 우리의 새로운 출발을 축복하는 것 같았다.

◆

자고 일어나 다 같이 어떤 마을로 만들지 이야기를 나눴다.

어떤 나무를 베고 어떤 나무를 남길지, 어디에 작물을 심을지 의논하여 하나씩 정해 나갔다.

우리 모두가 쌓아 올리며 만들어 나간다. 다 함께 살 장소를 만드는 것이 정말로 기뻤다.

베기로 한 나무를 어른들이 잘랐다.

나도 신체 강화 마법을 써서 도우려고 했지만 별로 보탬이 되지는 않았다. 프레네가 바람 마법으로 베는 편이 빠르다고 말했지만 생각대로 잘 안 됐다. 마력 제어가 어려워서 다른 나무까지 벴기에 일단 나는 벌목에서 빠지게 되었다. 마력이 있고 바람 마법을 쓸 수 있을지도 모르는데도 현재로서는 도움이 되지 않아서 울적해졌다.

벌목 작업에서 활약한 것은 젊은 수인들이었다. 그중에서도 로마 씨라는 늑대 수인이 의욕을 보였다.

"좋았어! 됐다."

로마 씨가 나무를 베고 기뻐하며 웃었다. 주변에 있던 수인들이 "잘 베네." "역시 로마야." 하고 말했다. 로마 씨는 수인 마을에서도 주로 힘쓰는 일을 했다. 신체 강화 마법은 못 쓰지만 힘이 세서 무거운 물건을 곧잘 옮겼었다.

나도 더 크면 로마 씨처럼 나무를 잘 베게 될까.

빤히 바라보니 로마 씨가 나를 보았다.

"왜 그렇게 봐? 레룬다."

"로마 씨, 대단해서. 나는 잘 못 베."

내가 그렇게 말하자 로마 씨는 "아직 어리니까 어쩔 수 없지.” 하고 나를 위로했다.

그 후로 한 채씩 집이 완성됐다.

집을 짓는 것도 힘쓰는 일이었다. 나는 어린아이라서 아무리 신체 강화 마법을 써도 무거운 것을 많이 못 들었기에 좀처럼 돕지 못했다. 마법으로 도우려고 했지만 조정을 잘못해서 집 짓는 데 필요한 목재 여러 개를 못쓰게 만들었다.

“미안해요…….”

“신경 쓰지 않아도 돼요. 레룬다. 하지만 마법은 좀 더 능숙해진 다음에 쓰기로 해요.”

실패했는데도 란 씨는 변함없이 상냥하게 웃으며 내 머리를 쓰다듬었다. 모처럼 마법을 쓸 수 있는데도 잘 못 쓰고 오히려 수고를 끼쳐서 풀이 죽었다. 마법을 더 잘 쓰게 노력해야겠다.

동구 씨와 로마 씨가 열심히 작업해 주니까 나는 내가 할 수 있는 일을 더 열심히 하자고 결의했다. 못하는 일을 두고 한탄해 봤자 소용없다.

지금 내가 맡은 가장 중요한 일은 정령수에 마력 담기이다.

“좀 더 여러 가지 일을 하고 싶어.”

“레룬다는 정령수에 마력을 담는 중요한 일을 하잖아. 이건 레룬다만 할 수 있는 일이야.”

“그런가?”

“그래. 레룬다가 없었다면 정령수가 어떻게 됐을지 몰라. 그러니 더 당당해져도 돼.”

더 많은 일을 하고 싶다고 말한 내게 프레네가 웃으며 말했다. 내가 이렇게 정령수와 정령들에게 힘이 되는 건 기쁘지만 좀 더 모두를 위해 행동하고 싶어서 초조해졌다.

가이아스는 귀와 꼬리가 은색으로 변한 뒤로 신체 강화 마법을 쓰게 되어서 나랑 비슷한 나이인데도 벌목과 집 짓기에 공헌했다. 예전보다도 공헌할 수 있어서 기뻐 보였다.

약초원과 밭도 만들었는데 이 작업은 땅 속성 마법이 특기인 엘프들이 대활약했다. 아직 정령들이 회복되지 않아서 엘프들도 마법을 완전하게 쓰지는 못했다. 그래도 새로운 땅에서 살아가기 위해 엘프들도 힘냈다.

마법으로 땅을 갈고 간 밭의 흙을 프레네가 확인했다.

"좋은 흙이야. 마법을 써서 식물이 더 잘 자라는 흙이 됐어. 훌륭해."

"프레네 님께서 그렇게 말씀해 주시니 기쁩니다."

엘프들은 프레네의 말에 감격했다. 프레네의 언동 하나하나에 그런 태도를 취하는 것은 몇 번을 봐도 적응이 되지 않았다.

숲에서 얻은 씨앗을 약초원과 밭에 심었다. 당장 크게 자라지는 않겠지만 잘 크면 좋겠다.

이렇게 하나씩 우리 손으로 살 곳을 만들어 나가는 것이 기뻤다. 좀처럼 도움을 주지 못해서 복잡한 기분도 들지만 우리 마을이 생기는 것이 기뻤다.

어느 정도 지나니 새로운 마을에서의 생활에도 익숙해졌다.

"레룬다, 나 오늘은 사냥을 도왔어!"

"레룬다, 나는 요리를 했어."

카유와 시노미가 싱글벙글 웃으며 내게 말했다.

"우리는 해체 작업을 했어. 그치? 단동가."

"응. 해체, 무척 잘됐어."

이루케사이와 단동가는 둘이서 해체 작업을 했다고 말했다.

"우리는 가이아스와 함께 집을 지었어!"

"저거, 우리가 지은 거야."

루체노와 리리드가 자랑스레 말하며 집을 가리켰다.

지금 나는 수인 아이들과 이야기하고 있는데 물론 가이아스도 같이 있었다.

나는 가이아스의 은색 귀와 꼬리를 빤히 보았다.

예전의 귀와 꼬리도 아주 매력적이었지만 예쁜 은색 귀와 꼬리가 되니 더더욱 만지고 싶었다. 짝만 할 수 있는 일이라는 걸 아니까 참고 만지지 않지만 아주 매력적인 털이었다.

"조금씩 집이 생겨서 기뻐."

"맞아. 그리폰님들의 둥지도 거의 완성됐네."

"응."

그리폰들은 직접 둥지를 지었다. 조금 높직한 곳에 열심히 둥지를 짓는 모습을 보니 절로 웃음이 났다. 새끼 그리폰들은 처음 만났을 때보다 약간 커졌다. 앞으로 3~4년 뒤면 다들 성체가 될 거라고 레이마가 그랬다.

새끼 그리폰들은 어른이 되는 게 기대된다고 했다.

그 무렵에는 나도 키가 더 크고 어른이 되었을까? 나는 어떻게 생활할까. 사랑하는 모두와 함께 지내면 좋겠다. 다 함께 웃고 있다면 좋겠다.

"레룬다, 상황이 좀 더 안정되면 할머님이 또 이것저것 가르쳐 준대!"

"기대된다."

"나는 공부를 별로 안 좋아하지만 요즘 할머님에게 배우지 못해서 기대돼."

카유가 그렇게 말했다.

미가 왕국 사람들로부터 도망치고 엘프 마을에서 정신없이 보내고 또 이동하고. 그러다 보니 느긋하게 할머님의 이야기를 들을 시간을 낼 수 없었다.

수인 마을에서는 당연했던 일상이 이 새로운 마을에서도 다시 점차 당연해질 거라고 생각하니 마음이 따뜻해졌다.

당연한 일상이 이곳에 기다리고 있다는 희망이 싹텄다.

그 당연한 일상이 계속되도록 노력하고 싶다.

"다들 엘프들이 정령에게 기도하는 곳처럼 그리폰님들에게 물건을 바칠 제단도 만들자고 하던데."

"음…… 너무 거창하게 만들면 다들 싫어할지도 몰라."

"자그마하게 만들면 괜찮을까?"

"글쎄?"

이루케사이의 말에 나는 그렇게 대답했다. 시포는 내 옆에 있지만, 그리폰들은 열심히 둥지를 만드는 중이라 근처에 없었다. 엘프들이 정령에게 기도하려고 크고 대단한 건물을 만드는 것을 보고 수인들도 만들고 싶다고 생각한 듯했다.

내가…… 정말로 신녀라면 내게 가호를 준 신에게 기도하는 곳을 만드는 편이 좋을까? 이루케사이의 말을 들으며 란 씨에게 상담하자고 생각했다.

"신에게 기도하는 곳, 만드는 편이 좋아?"

"음…… 만들면 좋은 영향이 미칠지도 몰라요."

내가 상담하러 가니 란 씨는 그렇게 말했다.

내가 정말로 신녀일지도 모르니까 어떤 신이 내게 영향을 주는지는 전혀 모르겠지만 기도할 장소를 만들어서 내게 신기한 힘을 줘서 고맙다고 기도하자. 내가 이렇게 여기 있을 수 있는 건 그런 신기한 힘이 있어서니까.

동구 씨에게 허락받고 직접 열심히 기도하는 장소를 만들기로 했다. 우리 집을 먼저 지어야 하니까 당장은 못 만들겠지만.

신에게 기도하면 뭔가 변화가 일어날까? 조금 두근거린다.

◆

나와 란 씨의 집도 얼마 후 완성됐다.

그리폰들과 시포도 함께 들어갈 만큼 크고 나무로 된 단층집인데 문이 커다랬다. 이제부터 안에 놓을 가구를 조금씩 만들어 나갈 거다. 가구를 만드는 솜씨도 조금씩 좋아지는 것 같다. 이렇게 할 줄 아는 일이 조금씩 늘어나는 것도 기뻤다.

"침대, 완성됐어."

"네, 완성됐네요. 레룬다는 어떤 가구를 갖고 싶어요?"

"나는, 서랍장이 더 있었으면 좋겠어."

"그러네요. 앞으로 옷이 늘어날 테니까요."

다른 건 또 뭐가 좋을까. 당장은 생각이 안 나지만 생활하는 데 필요한 물건이 조금씩 보일 것이다.

엘프들의 집도 한 채씩 완성되었다. 엘프들은 정령을 모시는 예배당을 가장 공들여 만들었다. 엘프 마을에서 지낼 때는 예배당에 못 들어갔지만, 이번에는 완성되면 들여보내 준다고 해서 기뻤다.

이 새로운 장소에는 내가 나고 자란 고향, 내가 사랑했던 수인 마을, 환상적이었던 엘프 마을과도 다른 풍경이 생겨나는 걸까.

우리가 만드는 우리의 마을이자 우리가 살아갈 곳.

새로운 장소가 앞으로 어떻게 만들어질지 무척 기대되었다.

"마을이 형태를 갖추면 이곳의 규칙도 만들어야겠어요. 조금씩 살기 좋은 곳을 만들어 나가면서 주변 환경을 더 자세히 알아 가야 해요."

"응."

란 씨의 말에 나는 고개를 끄덕였다.

살기 좋은 곳을 만들기 위한 규칙을 정해야 한다. 그리고 더 살기 좋은 곳으로 만들어 나가자. 그리고 주변 환경을 아는 것도 중요하다. 우리가 안심하고 지내려면 주변을 탐색해야 한다.

"이 주변은 사람의 손길이 닿지 않은 곳이니까 생각지도 못한 것을 많이 발견할지도 몰라요. 식물도 처음 보는 것이 몇 개 있고, 이것저것 조사하고 싶네요."

이 근처는 사람의 손길이 닿지 않았다. 자연이 풍부하고 개발되지 않았다. 그렇기에 무엇이 있을지 아직 미지수였다.

마을에 건물이 다 지어지면 나는 어떤 감상을 품을까. 우리가 살 이곳은 어디로 향할까. 그것도 아직 알 수 없다.

"응. 어떤 발견이 기다릴지, 기대돼."

"네. 하지만 어쩌면 문제를 발견하게 될지도 몰라요."

"응. 하지만 나, 이번에는 도망치지 않아도 되게, 모두를 지키게 힘낼 거야."

"네, 힘내죠. 저도 같이 힘낼게요."

나와 란 씨는 그런 이야기를 했다. 여기서 어떤 발견이 있을까, 어떤 만남이 기다릴까. 그걸 생각하면 불안하지만 기대가 컸다.

우리는 조금씩 마을을 만들어 나갔다.

그 결과, 시간이 지나면서 건물이 늘어섰다. 정령수를 가운데 두고 그 주위에 큰 광장이 만들어졌다.

다 같이 모여서 이야기를 나누거나 축제할 때 쓰려고 만든 곳이었다. 그 광장의 분위기가 정말 좋았다. 앞으로 이곳에 모두 모여서 즐거운 일을 할 거라고 생각하니 무척 설레었다.

그 주변에 집을 지었다.

엘프들의 집도 안에 들어가서 찬찬히 볼 수 있었다. 집 벽에 정령들의 모습이 그려져 있어서 프레네가 기뻐했다.

정령수 근처에 내가 신에게 기도하는 작은 건물도 만들었다. 기도하는 곳을 한가운데 만들자고 해서 그 근처에 정령에게 기도하는 예배당과 그리폰들에게 기도하는 곳도 있었다.

약초원과 밭도 그런대로 모양이 갖춰졌다. 아직 면적은 좁지만 식물이 쑥쑥 자랐다.

내게 불가능한 일이 많았지만 이렇게 새로운 곳을 다 같이 만들어 나가서 기뻤다.

나도 모르게 콧노래를 부르며 열심히 약초원을 돌봤다.

"레룬다, 기분 좋은가 보네."

"가이아스! 응. 새로운 마을이 생기는 게, 기뻐."

평온한 거처. 우리는 그것을 한 번 잃어버렸다. 그 거처가 이전과는 다른 새로운 형태로 다시 생기고 있었다.

"다 같이, 만들어 나가는 거, 즐거워. 그리고, 수인 마을과도, 엘프 마을과도 달라. 우리가, 처음부터 만드는 마을인걸."

그랬다. 이전에 지냈던 어떤 곳과도 달랐다. 우리가 처음부터 만들어 나가는 마을. 그렇게 생각하니 조금씩 완성되는 것을 보는 게 기뻤다.

"그렇지. 우리 손으로 만들어 가는 마을이라니, 뭔가 울림이 좋아."

"응!"

이곳에서 새로운 생활이 시작된다. 마을이 완성되면 끝나는 게 아니라 그때부터 시작이다.

나는 다 같이 만든 이곳에서 쭉 살아가고 싶었다.

막간 왕녀와 붕괴의 조짐 / 고양이는 포기하지 않는다

상회와 협력 관계를 맺고 얼마 후.

나는 앨리스 님이 신녀로 거둬지고 난 이후의 2년을 상기했다.

이 나라가 신녀를 보호한 이후로 내 생활은 크게 바뀌었다.

페어리트로프 왕국이 앞으로 어떻게 될지 알 수 없었다.

얼마 전에 나는 힉드 님을 힐난하고 말았다. 힉드 님은 힘을 가졌으면서 움직일 생각이 없었다. 그걸 알고 나도 모르게 언성을 높였는데 다 말하고 나서야 아차 싶었다. 이제 이대로 약혼은 파기될지도 모른다고 생각했다.

하지만 힉드 님은 내 말을 듣고도 화내지 않고 얼떨떨한 표정을 짓더니 웃었다.

──무슨 생각을 했는지 내게 협력하겠다고 말했다. 그 이후로 힉드 님은 표정이 조금 풍부해졌고 이따금 내게 웃었다. ……서로의 거리가 줄어들어서 살짝 두근거리고 말았다. 내게 그렇게 웃어 줄 거라고는 생각도 못 했으니까.

어쩌면 나는 힉드 님을 사랑하게 됐을지도 모른다.

──하지만 지금은 그런 생각을 할 여유가 없었다. 페어리트로프 왕국은 조만간 붕괴할 것이고 만약 붕괴를 면하더라

도 지금처럼은 지낼 수 없을 것이다.

베네 상회로부터 얻은 정보에 따르면 페어리트로프 왕국 내에서 현 상황에 대한 불만이 커지고 있는 듯했다.

축복을 줄 신녀가 있는데도 불구하고 흉작이 이어지며 안 좋은 일이 벌어졌다.

아바마마는 지금까지 유능한 왕이라는 말을 들었다. 하지만 나는 최근 2년간의 상황을 보고 그렇지 않음을 알았다. 2년 전까지 이 나라가 잘 돌아갔던 것은 아마도 진짜 신녀일 소녀가 이 나라에 있었기 때문이리라.

아바마마가 정말로 유능한 왕이었다면 신녀가 있었을 때 이 나라는 더 번성했을 것이다. 아바마마는 현명한 왕도 아니고 어리석은 왕도 아니었다. 그저 지금까지 문제가 일어나지 않았을 뿐이다.

——대신전과 왕성에서는 보호 중인 신녀가 가짜 아니냐는 말이 나온다고 한다.

"폭동이 일어날 수도 있나……. 몇몇 귀족은 행동에 나서려 하고……."

나도 모르게 중얼거렸다.

"게다가 미가 왕국 쪽에서는 노예들의 움직임이 보인다…… 라. 양쪽이 동시에 움직이면 어쩌지."

하나씩 움직인다면 모를까 양쪽 모두 움직이면 어떻게 될지 알 수 없다.

베네 상회로부터 얻은 정보에는 진짜 신녀를 찾기 위해 몇 명이 여행에 나섰다는 내용도 있었다.

맨 처음 깨어난 신관이 신녀 수색에 나섰다고 하는데, 다른 신관들이 어떻게 됐는지는 모른다고 했다.

베네 상회와 손을 잡아서 다양한 정보가 들어왔다.

정보를 들을수록 이 나라가 지금의 형태를 유지할 수 없으리라는 것이 선했다. 그러고 보니 앨리스 님에 관해서도 들었다. 앨리스 님은 전보다 더 고집을 부리며 떼를 쓴다고 했다.

하지만―― 신녀로 여겨지는 앨리스 님의 주변 사람들은 이전만큼 앨리스 님에게 순종적이지 않은 듯했다.

그렇게나 앨리스 님을 추종하던 자들이 태도를 바꾸다니, 시중들던 신관들에게도 뭔가 그럴 만한 일이 있었을 것이다.

이대로 가면 앨리스 님이 위험하다. 아직 아홉 살인 소녀에게 전부 떠넘기는 것은 역시 잘못됐다.

베네 상회 사람들도 그 소녀의 자업자득이라고 했지만 그래도 이건 아닌 것 같다.

확실히 잘못했을지도 모른다. 신녀가 아닌데 신녀로 행동한 것과 여러 가지로 고집을 부리고 다른 사람을 실각시킨 것은 문제다.

하지만 그렇다고 해서 자란 환경을 포함하여 어린 소녀에게 전부 떠넘기고 싶지는 않았다.

진짜 신녀일지도 모르는 소녀는 지금 어디서 뭘 하고 있을까. 힉드 님과 조우한 뒤에 어디로 갔을까.

――힉드 님은 미가 국왕의 명령으로 신녀일지도 모르는 소

녀와 친했을 수인을 죽였다고도 했다.

힉드 님은 국왕 폐하의 명령을 거역할 마음이 없었다. 거역하지 못했다. 생각하는 바가 있어도 움직이지 못했다고 했는데 그런 힉드 님이 내 말을 듣고 움직이려고 했다.

앞으로 어떻게 될지 모른다.

하지만 나는 혼자가 아니다.

적잖은 아군이 있다는 것만으로도 용기가 났다.

단 한 번뿐인 인생. 앞으로 어떻게 될지 모르지만 내가 생각하는 길을 가자.

그렇게 결심하고 며칠 후 내 귀에 들어온 소식은——페어리트로프 왕국의 국왕인 아바마마가 죽었다는 소식이었다.

◆

"빠릿빠릿하게 움직여!"

인간의 목소리가 들렸다. 우리에게 하는 말이었다. 우리를 결코 '사람'으로 인정하지 않는 태도였다.

우리는 수인 마을에서 일상을 누렸다. 숲속 생활은 즐거웠다.

하지만 그런 평온하고 온화한 나날은 갑자기 인간으로 인해 끝나고 말았다.

인간이 우리 마을을 덮쳤다.

반항하는 동료는 죽었다.

나는 고양이 수인 중에서는 성인이 되기를 앞둔 청소년이라

눈앞에서 누군가가 죽은 걸 본 적이 없었기에 충격적이었다.

그리고 남은 우리는 붙잡혔다.

노예라는 신분이 되었다. 반항하지 못하도록 목줄이 채워지고 지금은 강제로 육체노동 중이었다. 엄마나 누나와 같은 여성들은 다른 곳으로 끌려갔다.

어디서 무슨 일을 당하고 있을까.

다른 사람들은 이 환경에서 도망칠 수 있다고 기대하지 않는 것 같았다. 이대로 평생 노예로 살다 죽을 거라고 중얼거렸다.

미가 왕국에 노예로 잡힌 것은 우리 고양이 수인뿐만이 아니었다. 다른 수인도 있었고 엘프 같은 종족도 적잖이 있는 듯했다. 우리가 뭉쳐서 일을 꾸미지 못하도록 적은 인원으로 나뉘어 있었다.

그래서 이곳에 온 뒤로 같은 마을에 살던 동료와는 그다지 만나지 못했다. 나랑 같은 조인 수인들은 미래의 희망이 없는 것처럼 포기한 눈을 했다.

나보다 훨씬 나이가 많은 그런 사람들을 보면 다른 이들이 이 상황에서 벗어날 수 없으리라고 생각하는 것도 당연했다.

하지만…… 나는 이대로 끝나고 싶지 않았다.

이대로 끝내고 싶지도 않았다.

이 환경에서 벗어날 가능성은 희박할지도 모른다. 하지만 포기하면 가능성은 아예 사라진다.

노예 신분에서 탈출하겠다.

그리고 마을 사람들을 구하겠다.

……그러고 보니 인간들이 수인 모두를 잡지는 못했다고 했다. 마을 사람 중 몇 명은 노예가 되지 않았을 것이다. 어쩌면 도망친 이들 중에서 우리를 구하려는 사람이 있을지도 모른다. 하지만 그러지 않았으면 좋겠다.

도망치고 싶다는 마음은 있고 가능하다면 구해 줬으면 좋겠다. 그러나 수인 몇 명이 우리를 데리고 나가는 것은 어렵다. 오히려 도와주러 온 사람도 붙잡혀서 도망친 것이 허사가 될 것이다. 그러니 정말로 구할 만한 상황이 아니면 이대로 도망쳐서 노예가 되지 않고 살았으면 좋겠다.

살면서 인간을 본 적이 없었던 나는 다른 이들이 인간 이야기를 해도 별로 실감이 안 들었다. 하지만 정말로 인간은 어른들이 말한 대로 우리를 사람으로 보지 않았고 노예로 삼는 것을 당연하게 여겼다.

그러나 모든 인간이 그렇지는 않을 것이다. 나는 인간 노예도 보았다. 인간 중에는 얼굴에 이상한 그림을 그린 자도 있었다.

솔직히 같은 종족을 노예로 삼는지 이해할 수 없지만 인간 사이에서도 여러 구분이 있는 것 같았다. 인간은 다른 종족보다 수가 많고 마을이 큰 모양이니 그것과도 관련이 있을지 모른다. 수가 많으면 그만큼 다양한 분쟁이 일어날 테니까.

그나저나 여기서 도망치려면 어떻게 해야 할까. 이 환경에서 빠져나갈 방법을 생각했다.

무난한 방법은 인간 중에서도 지위가 높아 보이는 녀석——돈이라는 걸 잔뜩 가졌다는 귀족의 눈에 드는 것이리라.

다만 우리를 노예로 만든 이 나라에서는 인간 외의 종족은 노예로 삼는 게 당연하다는 인식이 만연하다고, 나보다 훨씬 전에 노예가 된 수인이 말했다. 노예 신분에서 해방되더라도 발각되면 다시 노예가 된다. 그러면 아무 소용없다.

만약 귀족 눈에 들어서 돈을 번다면 다른 모두를 구할 수 있지 않을까? 아니면 무슨 일이 터져서 노예 신분에서 해방되어 도망친다든가. 후자는 아주 엄청난 일이 터지지 않는 한 불가능하다.

솔직히 신분 높은 인간의 마음에 드는 것은 어렵겠지만 포기하지 않겠다. 엄마랑 누나가 포기할 줄 모르는 것만은 내 장점이라고 말했을 정도니까.

이 환경에서 벗어나기 위해 지금은 오로지 순종적인 태도만 보이자. 기회가 생겼을 때 놓치지 않도록 주시하자. 그리고 언젠가 노예 신분에서 벗어나는 거다! 그때 동료들을 얼마나 구할 수 있을지 모르겠지만 포기하고 싶지 않다.

그리고 이 계획은 누구에게도 말하지 않겠다. ——어디선가 새어 나가 인간에게 들킬지도 모르기 때문이다. 나 혼자 생각하고 나 혼자 행동하겠다. 누군가에게 상담할 수 없다. 상담하면 내 소망이 평생 이루어지지 않을지도 모른다.

실제로 도망치려고 했던 자가 들켜서 그대로 사라지는 것도 봤다. 살아 있으면 좋겠지만…… 어쩌면 죽었을지도 모르니들키지 않게 행동해야 한다.

나는 혼자 노예의 생활 공간에서 그렇게 결심했다.

얼마간 시간이 흘러도 변함없이 내 생활에는 자유가 없었다. 노예에게 자유 따위 있을 리가 없었다. 다른 노예들의 정신 상태가 점점 쇠약해지는 걸 알 수 있었다. 그걸 느낄 때마다 내 마음도 조금씩 쇠약해졌다.

인간들은 절망으로 노예를 지배했다. 여기서 도망칠 수 없다는 의식을 심었다. 때때로 본보기를 보이듯 노예를 호되게 혼냈다. 옮기던 것을 떨어뜨렸다는 사소한 이유로 채찍질당한 자도 있었다.

우리를 지배하는 인간들은 우리를 짐승으로 보았다. 절대로 사람으로 인식하지 않았다.

──나는 순종적인 노예 행세를 했다. 다행히 나는 인간이 보기에 아름답게 생긴 듯했다. 그 외모와 순종적인 태도로 인간의 눈에 들게 되었다. 다른 노예들보다 좋은 취급을 받았다.

그래서 노예 중에는 내게 불만을 가진 사람도 꽤 있었다.

처음에는 힘든 육체노동을 해야 했는데 지금은 귀족의 집에서 지냈다. 주된 일은 귀족 영애를 상대하는 것이었다.

"──대셔는 정말로 예쁘게 생겼어."

나를 아끼는 영애는 미가 왕국의 귀족인 백작가의 딸인 것 같았다.

수인 사회에는 귀족 같은 계급이 없어서 백작가라고 해도 별로 와닿지 않았다. 평민이라는 일반적인 인간들보다는 지위가 높지만 제일 위인 것은 아닌 듯했다.

──솔직히 그 소녀가 멍한 얼굴로 귀와 꼬리를 만지면 손을 뿌리치고 싶을 만큼 기분이 나빴다.

귀와 꼬리는 짝만 만질 수 있다고 엄마와 누나에게 귀가 따갑도록 들었다.

소중한 사람에게만 허락하라고 했다. 하지만 지금 나는 특별히 아무것도 느끼지 않았다. 그저 정보를 수집하기 위해 이용 중인 인간 소녀에게 만지는 걸 허락하고 있었다.

뭔가 소중한 추억이 더럽혀지고 소중한 것을 잃어버리는 느낌이 들어서 눈앞에 있는 소녀에게 욕을 퍼붓고 싶었지만 참았다.

이루고 싶은 소망과 바람을 위해.

이런 일을 해도 소용없는 것 아닐까. 참아 봤자 결국 평생 노예로 살다가 죽는 것 아닐까. 그런 포기와도 닮은 감정이 들기도 했다.

──하지만 나는 포기하고 싶지 않으니까. 언젠가 자유로워지기를 진심으로 갈망하니까.

"좋아해 주시니 기쁩니다."

"후후, 귀여워."

넋 놓고 바라보는 눈빛이 조금 무서웠다. 언젠가 내 정조를 뺏길 것 같은 기분도 들지만 뭐, 그렇게 되더라도 어쩔 수 없다. 다행히 귀족은 정조 관념이 강한 것 같으니까 그런 일은 어지간해선 일어나지 않겠지만 일어나더라도 이 환경에서 빠져나가려면 필요한 희생이다.

눈앞의 인간 소녀에게 계속 순종적인 태도를 보여서 환심을 사자. 귀족 영애 옆에 있으면 정보를 수집할 수 있다. 붙잡힌 같은 마을 사람들의 정보를 어떻게든 모으고 싶었다. 엄마나 누나에 관한 정보를 얻지 못하더라도, 이렇게 모은 정보가 노예 신세에서 벗어나는 데 도움이 될지도 모른다.

바로 노예 신분에서 벗어날 무언가가 있다면 이야기는 달라질지도 모르지만 내게 그런 건 없었다. 그렇기에 착실히 정보를 모으는 것부터 시작하기로 했다.

이 소녀와 그 부모가 뜨문뜨문 흘리는 정보를 머릿속에서 이어 붙였다.

최근 눈앞의 소녀가 가르쳐 준 바에 따르면 이웃 나라의 왕이 죽었을지도 모른다고 했다.

이 나라, 미가 왕국이 우리 수인을 노예로 삼은 이유 중 하나는 이웃 나라가 신녀라는 특별한 존재를 손에 넣었기 때문인 것 같았다. 신녀가 있는 나라는 행복해진다는 모양인데, 현재 이웃 나라의 상황은 심각하다고 했다.

눈앞의 소녀는 "보호한 신녀를 부당하게 대했거나, 사실 신녀가 아닐지도 모른다고 아버지가 그랬어!" 하고 자신만만하게 말했다.

그런 요인들 때문에 이웃 나라에 큰일이 날 거라고 했다. 그리고 내가 붙잡힌 이 나라도 어떻게 될지 모른다고 했다.

내가 순종적인 태도를 보이며 소녀를 좋아하는 양 굴어서인지 눈앞의 소녀는 착각하고 있었다.

"무슨 일이 생기면 날 지켜 줘, 대셔."

그렇게 변함없이 멍한 눈으로 나를 보며 웃었다.

내가 무슨 생각을 하는지, 내가 백작가 안에서 귀를 쫑긋 세운 채 정보를 모으는 줄도 모른 채.

──다른 사람들이 뭐라고 하든 나를 어떻게 보든 이 신세에서 반드시 벗어날 것이다.

4 소녀와 새로운 생활

신에게 기도하는 건물 안에 혼자 있었다. 안에 작은 제단도 만들었다. 건물이 지어진 뒤로는 매일 기도하는 것이 일과가 되었다.

내가 신녀든 아니든 기도하는 건 나쁜 일이 아닐 테니까 오늘도 평온하게 지내게 해 줘서 고맙다는 마음을 담아 하루를 마치며 기도했다.

내게 가호를 줬을지도 모르는 신님, 고마워요, 하고.

새끼 그리폰들도 어째선지 같이 기도했다. 나를 따라 하는 것 같았다.

그리고 나는 다른 두 건물에서도 기도했다. 정령에게 기도하는 곳과 그리폰들에게 기도하는 곳에도 갔다.

신에게 기도하는 것보다는 빈도가 낮지만.

정령에게 기도하는 건물은 예전에 엘프 마을에 있었던 건물처럼 여러 나무 위에 만들어져 있었다. 밖에서 봐도 신비로웠지만 안에 들어가서 보면 더 신기했다.

안쪽 벽에는 정령 그림이 그려져 있었는데, 이렇게 공들여 그림을 그린 엘프들은 대단하다.

나도 비슷하게 그릴 수 없을까 싶어서 시도했지만 이렇게 잘 그려지지는 않았다. 그림을 잘 그리는 사람은 대단하다.

그렇게 말했더니 내 그림도 그려 줬다. 다른 사람들에게 자랑하자 다들 자기도 그려 달라고 해서 그 엘프 씨는 그림을 잔뜩 그리게 되었다. 조금 미안한 짓을 했다. 본인은 다른 사람이 자기 그림을 원하는 건 기쁜 일이라고 했지만.

그리폰에게 기도하는 곳에는 수인들이 손수 만든 커다란 그리폰 장식이 있었다.

내가 계약한 그리폰 모두를 장식으로 만들었는데 레이마 장식이 번쩍번쩍 빛났다. 어른 그리폰들은 조금 부끄러워했지만 새끼 그리폰들은 좋아했다.

정령에게 기도하는 곳에서는 빨리 건강해지고 친하게 지내자고 기도했다.

그리폰들에게 기도하는 곳에서는 나랑 계약해 줘서 고맙고 앞으로도 잘 부탁한다고 기도했다.

기도하는 곳은 세 군데나 있지만 특별히 정해진 호칭은 없었다. 엘프들은 '정령님께 기도를 올리는 곳'이라고 했고, 수인들은 '그리폰님에게 기도하는 곳'이라고 했고, 나도 '신에게 기도하는 곳'이라고 했다.

더 제대로 된 이름을 짓는 편이 좋을지도 모른다는 생각이 들었다.

수인 마을에 살 때처럼 나는 모두를 도우며 지냈다. 정령수에 마력을 담는 것도 일이라고 할 수 있겠지만 그것 말고는 정해진 일이 없었다.

가이아스는 신체 능력도 높고 '신녀의 기사'가 되기도 해서 사냥에 무척 공헌하고 있었다. 나도 같이 사냥하러 가기도 했지만 아직 마법을 능숙하게 다루지 못해서 제대로 도움이 못 됐다. 마법을 더 잘 다루게 되면 사냥도 잘하게 되겠지만.

약초원에서는 제시히 씨나 엘프 마을에서 약초원을 담당했던 엘프를 도왔다. 옷 만드는 것도 도왔다.

하지만 다른 사람들만큼 잘하지는 못했다. 집 짓기도 사냥도 약초원 일이나 옷 만들기도 전부 어중간했다.

이게 다 마법을 잘 다루지 못해서 그런 거였다. 모처럼 다 같이 살 새로운 장소가 정해졌는데 나는 전혀 도움이 되지 않았다. 이게 내 일이라고 할 만한 것이 없어서 조금 고민됐다.

란 씨는 이 마을에 어떤 규칙이 필요할지 다른 사람들과 이야기하고 그것을 글로 정리하며 다양한 기록을 남기려고 했다.

그래서 이 마을에서 종이를 만들겠다며 열심히 시행착오를 겪는 중이었다.

지금까지는 원래 살던 곳에서 가져온 종이를 쓴 것 같았다. 아직 그 종이가 남았지만 여기서 쭉 지내려면 더 필요하다고 했다.

"종이를 만들면 하고 싶은 일이 있으니 힘내겠어요."

그렇게 말하는 란 씨는 눈부시게 웃고 있었다.

란 씨는 자신이 뭘 해야 하고 뭘 하고 싶은지 확실하게 정해 두었다. 그리고 그 목표를 향해 열심히 노력했다.

나는…… 뭘 할 수 있을까. 가장 먼저 무엇을 하면 좋을까.

다들 새롭게 걸음을 내디디는데, 나는 마을을 위해 뭘 할 수 있을까. 생각해 봐도 바로 떠오르지 않았다.

최종적인 목표는 살기 좋은 마을을 만드는 것. 도망치지 않아도 되게 힘을 기르는 것이다. 그래서 바람 마법을 연습했다. 하지만 좀처럼 생각대로 되지 않아서 살짝 애가 타고 초조해지려고 했다. 그래서 좀 더 마법을 연습하자고 결심했다.

지금은 아주 평온하고 온화한 나날을 보내고 있다.

하나 수인 마을에선 계속되길 원했던 나날이 갑자기 끝났다.

엘프 마을에서는 평온한 나날 뒤, 마물이라는 위협이 있었다.

──위협은 아무 조짐도 없이 갑자기 찾아온다. 위협이 찾아오기 전에 그 싹을 뽑거나 도망치면 좋겠지만 그건 어려울 것이다.

내가 신에게 매일 기도하게 된 것에는 그 초조함을 달래려는 살짝 이기적인 이유도 있었다. 그날 있었던 일을 매일 신에게 보고하고 오늘도 즐겁게 지내게 해 줘서 고맙다고 기도했다. 그렇게 기도하면 마음이 조금 차분해졌다. 신에게 잔뜩 이야기하고 기도하고 다시 힘내자고 기합을 넣었다.

그것이 최근 나의 일상이었다.

◆

"레룬다, 그럼 한번 해 보자."

"응."

나는 우리가 새로 만든 마을에서 조금 떨어진 숲에 있었다. 바람 마법을 잘 쓰고 싶었기 때문이다.

내 힘으로 바람 마법을 쓰게 되면 그것만으로도 내 안의 가능성이 커지고 모두에게 도움이 될 테니까.

이전 시도들을 참고하여 실패 없이 마법을 쓰고 싶었다.

이곳에는 나와 프레네, 그리폰 부부 리루하와 카미하가 있었다. 둘의 딸인 루미하는 마을에서 집을 봤다.

처음에는 나랑 프레네만 가려고 했지만 아직 이 주변에 어떤 위험이 있을지 모른다며 그리폰들도 같이 왔다.

나는 바람을 떠올렸다.

저번에 식물 마물에게 마법을 썼을 때는 프레네가 도와줘서 문제없었다. 하지만 나 혼자서는 내가 떠올리는 형태를 만들기도 전에 마력이 퍼져나가거나 생각대로 되지 않는 등 어려웠다.

나는 마력을 어떤 바람으로 만들고 싶은지 분명하게 생각했다. 하지만 떠올린다고 바로 그 형태가 되지는 않았다.

마법이라는 힘을 다루는 것은 정말로 어렵다고 다시금 생각했다. 바람 마법은 신체 강화 마법보다 훨씬 어렵게 느껴졌다.

"어려워……."

"처음에는 누구나 그래. 레룬다는 바람과 상성이 좋으니까 노력하면 반드시 잘할 거야."

"바람과 상성이 좋으니까……."

"응. 레룬다가 계약한 모두도 전부 바람과 상성이 좋잖아. 그걸 보면 알 수 있어."

"응."

듣고 보니 그랬다. 다들 바람과 상성이 좋을 것 같았다. 그리폰도 시포도 하늘을 나는 마물이라서 등에 타면 기분 좋은 바람을 느낄 수 있었다.

"다른 속성 마법도 쓸 수 있을 것 같지만 일단 바람 마법을 쓸 수 있게 노력하자."

"응."

나는 프레네의 말에 고개를 끄덕였다.

어쨌든 힘내야 한다.

내게는 정해진 할 일이 없었다. 모두를 좀 더 돕고 싶은데 현재로서는 내 이상과 거리가 멀었다.

신에게 기도하여 기분을 달래기만 해서는 안 된다. 이런 나에게 다들 조급해하지 않아도 된다며 웃어 줬지만 그 말에 어리광 부려서는 안 된다. 조금씩이나마 할 수 있는 일을 하나씩 쌓아 가자고 생각했다.

마법 연습도 그중 하나였다.

내가 바람 마법을 잘 다루게 되면 사랑하는 모두를 지킬 수 있을 것이다. 그건 결국 가정일 뿐이지만 언제 어떤 위험이 닥칠지 모르니까 그 순간에 사랑하는 사람들을 지킬 수 있고 싶다.

그리고 앞으로는 마을 만들기나 사냥 면에서도 모두를 돕고 싶다.

──그런 내 소망은 모두가 바라는 것이었다. 그렇기에 규칙을 만들고 마을의 모양새를 갖추면서 다들 강해지기 위해 행동했다. 가이아스는 변화한 자신의 몸에 관해 알려고 어른들과 함께 자주 사냥하러 나갔고, 엘프들도 마법을 더 잘 쓰려고 열심히 연습했다.

지금보다 더 힘을 기르는 건 무리라며 포기하지 않는 게 대단했다.

하지만 시레바 씨에게 그렇게 말했더니 "레룬다가 해 보지도 않고서 불가능하다고 말하고 싶지 않다고 했잖아. 우리도 그 말에 공감했을 뿐이야."라고 했다. 그건 분명히 내가 시레바 씨에게 마물 이야기를 들었을 때 한 말이었다.

내 말을 듣고 엘프들이 그렇게 생각해 준 것이 기뻤다. 다 같이 열심히 노력하여 목표를 이루려고 해서 나도 힘내야겠다는 생각이 들었다.

그래서 필사적으로 마력을 다듬었고 느꼈다. 내 안에 있는 따뜻한 것을 형상화했다.

바람 칼날을 떠올리고 그것으로 앞에 있는 나무를 베려고 했지만 잘 안 되었다.

계속 시도했다.

하지만 좀처럼 생각대로 되지 않았다. 바람 칼날을 만들어도 도중에 사라지거나 나무를 벨 위력이 안 나왔다.

하지만 반복하다 보니 어찌어찌 조금씩 숙달되는 느낌이 들었다. 약간이지만 나는 확실하게 나아가고 있었다. 그런 실감이 나서 기뻐졌다.

"레룬다, 조금씩 능숙해지고 있어."

"기뻐."

프레네의 말에 기뻐져서 웃음이 났다.

하지만 조금 능숙해졌다고 기뻐할 때가 아니라며 나는 기합을 넣었다.

"슬슬 쉴까?"

"아니, 더 할래."

꽤 오랫동안 마법으로 나무 베기를 연습해서 그런지 프레네가 휴식을 권했다. 하지만 나는 조금 더 연습하고 싶었다.

물론 무리하지는 않을 거다.

"프레네, 나 힘낼 거야. 하지만, 내가 쓰러질 것 같으면⋯⋯ 분명하게 말려 줘."

"응. 물론이지. 나도 레룬다가 쓰러지는 건 싫어."

내 말에 프레네는 웃었다. 프레네가 지켜봐 줘서 나는 무리할 수 있었다.

그 후 나는 프레네의 감독하에 매일 마법을 연습했다.

"하아⋯⋯ 하아."

계속 마법을 쓰다 보니 숨이 찼다. 마력이 더 있다면 괜찮았을지도 모르지만 나는 아직 어려서 그렇게 많은 마력은 없었다.

그게 분했다. 얼른 어른이 되어 모두를 돕고 싶다. 아니, 안달 내도 소용없다.

숨을 고르고 마음을 차분하게 가라앉혔다.

"이게, 마지막——."

나는 마력의 한계를 느끼고 그렇게 말했다.

집중하여 마력을 다듬고 마법을 만들어 냈다.

그 마법은 잘 구현되었다. 바람 칼날이 속도를 높여 나무와 부딪치고 깔끔하게 줄기를 절단했다.

"됐다……!"

마침내 상상한 대로 바람 칼날을 만들었다. 나는 안심하여 주저앉고 말았다.

그 후, 나는 자유자재로 바람 칼날 마법을 다루게 되어 벌목 작업에서 활약할 수 있었다.

"단기간에 능숙해지다니 대단한데."

동구 씨는 그렇게 말하며 나를 칭찬했다.

"역시 레룬다예요."

란 씨는 싱글벙글 웃었다.

"고맙구나, 레룬다."

할머님이 명랑하게 웃으며 머리를 쓰다듬었다.

"정령님이 도와주셨다지만 빠른 성장이야."

시레바 씨는 성장이 빠르다며 만족스러워했다.

"레룬다는 대단하네."

로마 씨는 내가 마법이 능숙해져서 눈을 반짝였다.

내 노력을 인정받고 모두를 도울 수 있어서 기뻤다.

마을 만들기는 순조롭게 진행 중이었다. 주거지가 점차 완성되었고 밭의 작물도 문제없이 자랐다. 먹을 것이 충분한 환경이기도 해서 다들 이곳에서 살아갈 수 있을 것 같다며 기뻐했다. 나도 기뻤다.

"레룬다, 잘됐네."

"응! 할 수 있는 일이 늘어나서, 다행이야. 모두를 도울 수 있어서, 기뻐."

가이아스의 말에 나는 웃었다. 가이아스도 웃었다.

좀처럼 도울 수 없어서 우울했지만 마침내 나도 보탬이 된다. 그렇게 생각하니 기뻤고 좀 더 모두를 돕게 힘내고 싶었다.

할 수 있는 일이 늘어나고 모두가 고맙다고 말해서 기뻤다.

"가이아스, 나, 더 힘낼 거야!"

"그래. 나도 지지 않을 거야. 나도 더 힘내겠어."

"응. 둘이서 힘내자. 나도, 가이아스도 노력하면, 더 멋져질 거야."

아직 다른 사람들만큼 마을을 위해 움직이지는 못한다. 나도 가이아스도 어린아이이니까. 하지만 노력해서 할 수 있는 일을 더 늘리면 분명 멋진 결말로 이어질 거라고 믿는다.

막간 나라의 혼란 / 왕녀의 각오

페어리트로프 왕국.

긴 역사를 가진 이 왕국은 지금 혼란에 빠졌다.

왕이 붕어했다.

아무런 전조도 없이 붕어했다.

──그리고 왕국 내에서는 왕위 계승을 둘러싼 분쟁이 일어났다.

페어리트로프 왕국에는 세 왕자와 다섯 왕녀가 있었다. 5왕녀인 니나에프 페어리보다 나이가 많은 네 공주는 이미 시집을 갔다.

정비의 아들인 1왕자가 왕태자, 2왕자는 무슨 일이 생겼을 때를 대비한 왕위 계승권 2위, 3왕자가 왕위 계승권 3위, 아직 결혼하지 않은 니나에프 페어리가 간신히 왕위 계승권 4위였다.

왕태자와 2왕자는 한배에서 나왔다. 3왕자의 어머니는 고위 귀족이었다. 그리고 왕녀들은 국내의 유력 귀족에게 시집갔다.

결정권을 가진 왕은 죽었다.

이 앞에 무엇이 기다릴지 백성들은 불안했다.

그런 가운데 3왕자가 '보호 중인 신녀는 가짜'라고 고발했다. 부왕이 죽은 것은 가짜 신녀를 보호했기 때문이라면서.

신녀라는 숭고한 존재를 보호했는데 나라에 나쁜 일만 일어나는 것은 보호한 신녀가 가짜이기 때문이라고 했다.

왕은 가짜라는 걸 알면서도 신전과 유착하여 나라에 신녀가 있다고 했다고.

신녀가 아닌 평범한 아이를 신녀로 보호했다고. 신녀라고 속여서 국민에게 발표했다고.

그렇게 3왕자는 주장했다.

──신에게 사랑받는 아이.

신이 지켜보는 아이.

그렇게 여겨지는 것이 신녀다. 그런 신녀를 사칭했다.

신녀의 부모는 물욕에 눈이 멀어 딸을 신녀로 만들었다. 소녀가 가짜 신녀라서 신녀의 모친이 건강 악화로 쓰러졌다.

3왕자는 신이 노한 것이라고 말했다.

3왕자는 신녀로 거둬진 소녀가 진짜 신녀가 맞는지 의심하던 말단 신관들을 아군으로 삼았다. 그리고 '신녀'로 여겨지던 아름다운 소녀를 가짜 신녀로 붙잡았다고 드높이 선언했다.

또한 페어리트로프 왕국의 정비와 그 아들인 왕태자, 2왕자는 신전과 왕의 계획을 알면서도 자신들의 사리사욕을 위해 입을 다물었다고 주장했다.

가짜로 신의 아이를 내세워서 왕이 죽었다.

즉, 신은 가짜 신녀를 만들어서 진노하셨다. 그 결과가 이 나라의 현재 상황이다. 3왕자는 그렇게 말하고 덧붙였다.

"나는 현 상황을 모른 척할 수 없어서 일어났다. 신의 노여움을 산 형님들은 왕이 될 자격이 없다. 내가 이 나라의 왕이 되겠다. 나는 이렇게 가짜 신녀를 단죄하기 위해 움직여서 신의 노여움을 사지 않았으니 왕이 되겠다."

그 말에 왕태자와 2왕자, 정비, 국내 귀족들과 대신전 사람들은 반발했다.

왕태자와 2왕자는 부왕이 그런 일을 꾸미는 줄 몰랐다고 했다.

만약 왕이 죽은 것이 정말로 천벌이라면 그 계획을 알았던 왕태자와 2왕자, 정비에게도 똑같이 천벌이 내려야 하지 않겠는가. 그러니 3왕자의 말은 허언이라고 주장했다.

대신전 사람들은 무슨 소리를 하냐며 분노했다. 자신들의 신녀님을 돌려달라면서 3왕자와 싸우려 했다.

──대신전 상층부는 이상하게도 침묵을 유지했다. 신앙심 깊은 신도들은 신과 가까운 위치인 대신전의 상층부 사람들에게 뭔가 깊은 생각이 있으리라고 믿었다.

왕족들은 왕이 될 자는 바로 자신이라고 외쳤다. 거기다 왕녀와 결혼한 유력 귀족들도 자신들이 왕에 걸맞다고 나섰다.

정비의 아들이라 왕위에 가장 가까운 1왕자와 2왕자 파벌. 하지만 온전한 한 팀이 아니라 1왕자파와 2왕자파로 나뉘었다.

그리고 왕태자 파벌이 가짜 신녀를 만들어 냈다고 주장하며 자신이야말로 정당한 왕위 계승자라고 말하는 3왕자 파벌.

마지막으로 왕녀와 결혼한 유력 귀족들의 파벌. 저마다 자기가 왕이 되겠다고 말하기 시작했다.

왕위 계승권을 둘러싼 혼란이 다가 아니었다. 신전은 신녀가 붙잡혔다며 큰 혼란에 빠졌다.

나라 안은 난장판이었다.

왕이 왜 죽었는지, 신녀는 정말로 가짜인지, 앞으로 이 나라는 어떻게 되는지 국민은 불안해했다.

다만 국민은 신녀가 가짜라서 나라가 불안정해졌다고 믿었다. 그래서 3왕자를 지지하는 국민이 많았다.

그리고 신의 아이를 사칭한 소녀를 처형해야 한다고 목소리를 높였다. 그 소녀가 이 나라에 나타났을 때는 신녀라는 이름에 걸맞게 아름답다고 환희하며 이 나라는 앞으로 행복한 길을 걸을 거라고 믿어 의심치 않았으면서. 그 소녀를 받아들이고 숭배했으면서.

소녀가 가짜 신녀일지도 모른다고 하니 그 소녀는 죄인이고 그 애 때문에 신의 노여움을 샀다고 했다. 신녀를 사칭한 아이만 없어지면 된다고 한 소녀에게 모든 것을 떠넘기려고 했다.

그런 상황 속에서 5왕녀 니나에프 페어리는 나중에 후회하지 않도록 움직이기 시작했다.

◆

아바마마가 돌아가셨다.

그리고 내란이 일어났다. 아직 직접적인 싸움은 벌어지지 않았지만 그렇게 되는 것도 시간문제이리라. 또한 대신전이 신녀로 보호하던 앨리스 님은 투옥됐다고 한다.

베네 상회 사람이 가져온 많은 정보에 나는 혼란스러워지려고 했다.

내 오라버니 중 한 명인 3왕자가 앨리스 님을 옥에 가두고 가짜 신녀를 세웠기에 아바마마가 죽었다고 말했다.

하지만 베네 상회의 정보에 따르면 아바마마를 살해한 사람은 아마도 3왕자일 거라고 했다.

신녀가 가짜라는 보증이 없는데도 그렇게 단정 짓고 왕이 되려는 것이다.

왕태자와 2왕자 측은 3왕자의 주장을 부정했다.

당연했다. 앨리스 님이 가짜일 가능성은 전혀 생각도 못 했을 테니까. 앨리스 님은 진짜 신녀가 아닐지도 모른다고 내가 미리 전했다면 무언가가 달라졌을까? 아버지가 죽을 일도 없었을까?

그런 생각을 하고 말았다──.

생각을 정리하지 못하는 내 앞에 베네 상회 사람이 있었다. 이런 때에 찾아올 줄 몰라서 깜짝 놀랐다.

그자는 그저 내게 이렇게 물을 뿐이었다.

"왕녀 전하. 어떻게 하실 겁니까?"

"무슨 말이죠……?"

"전하에게는 몇 가지 선택지가 있습니다. 첫째, 현재 왕위 다툼 중인 파벌 중 하나에 속하는 길. 이 경우, 그 파벌이 왕위 다툼에서 패배하면 처형당할 가능성이 큽니다."

그자는 담담히 말했다.

아바마마가 돌아가신 것에 충격받은 나는 생각을 정리하지 못하고 그저 듣기만 했다.

그자는 내게 몇 가지 선택지가 있다면서 그 선택지를 알려 줬다.

"둘째, 도망치는 길. 요컨대 망명이죠. 이대로 국내에 있으면 전하는 언젠가 싸움에 휘말릴 겁니다. 만약 망명하여 평민으로 조용히 살기를 바라신다면 저희가 다리를 놓아 드릴 수 있습니다."

그자는 망명하여 평민으로 사는 길도 있다고 말했다.

"아니면 망명하여 타국과 손을 잡고 페어리트로프 왕국에 영향력을 행사하는 길도 있습니다. 이 경우에는 타국의 꼭두각시가 될 수도 있지만요."

망명해서 꼭두각시가 될 수도 있다고 했다.

"마지막으로—— 전하가 왕이 되는 길."

그건 내가 생각도 못 했던 길이었다. 왕위 다툼으로 나라가 어지러운 가운데 나도 왕이 되겠다고 나서는 길이 있다고 했다.

"왕녀 전하의 바람을 이루려면 왕이 되는 길이 가장 좋을지도 모릅니다."

왕위 계승권이 낮은 내가 왕이 된다.

"물론 되고 싶다고 진짜로 왕이 될 수 있을지는 모릅니다. 하지만 권력이 없으면 이 나라를 위해 움직이고 싶다는 전하의 바람도 못 이루고 처형될 그 소녀를 도울 수도 없겠죠."

목소리가 울렸다.

나는 그 말을 그저 듣고 있었다.

"──왕위 다툼을 벌이는 자들의 목적은 전부 권력입니다. 하지만 전하는 지금까지 왕이 될 생각이 없으셨던 분이죠. 나라가 어지러울 때 국민을 위해 움직이고 싶다고, 아직 어린 소녀에게 책임을 떠넘기는 건 잘못됐다고 생각하시는 분입니다. 그런 왕녀 전하이기에 저희는 기대하고 있습니다."

오라버니들과는 그다지 대화한 적이 없다. 나는 후궁의 딸이라 왕위 계승권이 낮았고 오라버니들의 어머니는 다들 지위가 높았다.

──하지만 오라버니들이 어떻게 살아왔는지는 알았다.

베네 상회로부터 들은 바에 따르면 오라버니들과 귀족들은 왕위 계승권을 제일로 여기며 그 외의 것은 생각하지 않는 것 같았다.

아마 신녀가 진짜든 가짜든 상관없지 않을까. 아바마마는 신녀를 두려워해서 신녀가 노여워하지 않게 늘 신경 썼다.

하지만 오라버니들은 신녀를 그렇게 두려워하지 않는 듯했다. 신녀를 두려워했다면 아무리 가짜일지도 모른다지만 신녀로 여겨지는 소녀를 가두지 못했으리라.

애초에 아바마마를 살해한 것이 정말로 3왕자라면 자기가 죽여 놓고서 '가짜 신녀를 세웠기에 죽었다'라고 이유를 대는 것만으로도 신녀나 신의 노여움을 살 만하다.

　──이미 우리 나라는 신녀의 분노를 샀을지도 모르지만.

　"나는──."

　나는 어떻게 움직여야 할까. 어떻게 사는 것이 올바른 길인지 모르겠다. 하지만 나는 힉드 님에게 움직이지 않으면 아무것도 할 수 없다고 말했다. 행동하지 않으면 어떻게 될지 아무도 모른다고. 그저 흐르는 대로 떠내려가는 것보다 스스로 움직여서 큰일을 겪는 편이 훨씬 낫다고.

　그렇게 말한 내가 고민하고 움직이지 않는 것은 잘못된 일이라는 생각이 들었다.

　그래서 나는 각오를 다졌다.

5 소녀와 어떤 만남

바람 칼날을 원하는 대로 만들어 내고 얼마 후. 나는 프레네와 함께 또 마법을 연습하고 있었다.

"레룬다, 더 능숙해지면 전에 말했던 하늘을 나는 마법도 쓸 수 있을 거야."

"응."

이번에 쓰려는 것은 하늘을 나는 마법이었다. 바람 마법을 잘 다루면 하늘을 날 수 있다.

나는 하늘을 날고 싶었다.

평소에는 그리폰들이나 시포를 타고 하늘에서 경치를 구경하지만 직접 하늘을 날 수 있다면 멋질 테니까. 내 힘으로 하늘을 날며 사랑하는 가족들과 함께 산책한다면 얼마나 멋지고 즐거울까. 상상만 해도 설레었다.

나는 인간, 레이마는 그리폰, 시포는 스카이호스, 프레네는 바람의 정령이다. 다들 종족은 다르지만 나는 가족이라고 인식했다. 가족과 똑같은 편이 기쁘니 나도 하늘을 날고 싶다.

그런 소망이 강해서 나는 바람 마법 연습에 한층 빠져들었다.

마력을 다듬고.

마법의 형상을 떠올리고.

마력을 방출하여 마법으로 구현한다.

그것을 반복했다.

마력을 방출하면 뭔가가 빠져나간 감각과 피로가 몸에 남았다. 사람에 따라 차이가 있으나 마력은 늘어난다고 프레네가 가르쳐 줬다. 인간 중에는 마력이 없는 자도 많지만 내 마력은 많은 편이라고 했다.

연습하다가 중간에 쉬었다.

리루하의 몸에 기대 하늘을 올려다보았다. 땅에 앉아 공기를 들이마시니 왠지 기분이 좋았다. 흙냄새가 났다. 나는 이렇게 사랑하는 모두와 함께 느긋이 지내는 시간을 좋아했다.

소중히 여기고 싶었다. 쭉 이렇게 있고 싶은 순간을 지키기 위해 나는 더 강해지고 싶다.

지금의 일상을 사랑하니까.

지금의 일상이 소중하니까.

평범한 일상이 진심으로 사랑스러웠고 이런 일상을 보내서 기뻤다.

고향에서는 이런 감정을 가진 적이 없었고 이렇게 기쁘고 즐거운 일상이 있다는 것을 몰랐다.

그렇기에 알고 나니 이 일상이 얼마나 소중한지 실감했다. 만약 애초에 내게 모든 것이 주어졌다면 일상의 소중함조차 눈치채지 못했을 것이다.

"기분 좋아……."

"그르그륵(그러게)."

내 말에 리루하가 동의했다.

모두를 지키고 잃어버리지 않을 장소를 만들며 사랑하는 이 일상을 쭉 새겨 나가고 싶다.

그 마음이 강해서 아무리 실패해도 힘내자는 생각이 들었다.

"리루하, 카미하, 프레네…… 사랑해."

"그르그르으(우리도 사랑해)."

"그륵(맞아)."

"나도 레룬다를 사랑해."

내가 사랑하는 셋 모두가 그렇게 대답했다.

나는 그 말을 듣고 웃고서 다시 마법을 연습하려고 일어났다.

◆

계속, 계속, 몇 시간이나 반복했다.

연습을 반복하여 살짝 진보했다.

"떠올랐어……."

내 발이 땅에서 살짝 떠올라 있었다. 아직 날지는 못하고 떠올랐을 뿐이지만 자그마한 진보였다.

"해냈구나, 레룬다."

"이대로, 더, 띄울래."

나는 프레네의 말을 들으며 몸을 더 높이 띄우려고 했다.

"그르그르그르르으(떨어지면 어쩌려고?)."

"그르그륵! (우리가 받으면 돼!)"

당황하는 카미하에게 리루하가 무척 든든한 말을 했다.

만약 실패해서 떨어지더라도 모두가 있으니까 괜찮다는 생각이 들어서 전혀 불안하지 않았다.

내 몸을 띄운 마력을 더 능숙히 조작하려고 의식을 집중했다.

위로, 위로.

나를 상승시키는 이미지를 떠올렸다. 누군가의 힘이 아니라 내 힘으로 이렇게 하늘에 떠올라서 왠지 기뻤다.

내가 할 수 있는 일이 조금씩 늘어난다고 생각하니 가슴이 설레었다.

"와아."

높이 떠올라 아래를 보니 나무들이 펼쳐졌다. 시선을 돌리자 우리가 만드는 마을이 보였다.

위에서 보니 평소에 보는 마을도 다르게 보였다. 아직 작은 정령수가 희미하게 빛나서 매우 환상적이었다. 더 크게 자랐을 때 하늘에서 보면 굉장히 멋진 광경이 되리라. 기대되는 것이 늘었다.

하늘에서 이동할 수 있을까 싶어 시도했지만 그건 아직 불가능했다. 더 자유자재로 이동하게 되면 분명 기분 좋을 테니 그렇게 되고 싶다.

"어라?"

나는 하늘에서 숲을 내려다보았다. 조금 떨어진 곳에 사람 무리가 있었다.

──그런데 우리 마을 사람은 아닌 것 같았다. 그러자 또 우리를 위협하는 사람들이 온 건가 싶어서 무서웠다. 드디어 새로운 장소에서 생활하게 되어서 행복한데.

하지만…….

"공격받고, 있어?"

그 무리는 짐승처럼 생긴 마물에게 공격받고 있었다. 자세히 보니 그 마물은 멧돼지 같았다. 투실투실한 거구가 사람들을 습격해서 그 무리가 허둥지둥 도망치는 것처럼 보였다.

어쩌면 저 사람들은 내 가족과 소중한 동료를 다치게 할지도 모른다.

하지만 그렇더라도──.

"리루하, 카미하, 프레네, 도와주자."

내버려 둘 수 없었다.

아토스 씨를 잃었을 때처럼 죽으면 다시는 만날 수 없다. 그러면 더는 웃을 수도 화낼 수도 없고 미래가 사라진다. 그건 몹시 슬픈 일이다.

그렇게 생각하니 우리를 다치게 할지도 모르는 집단이지만 내버려 둘 수 없었다.

살릴 수 있는 목숨은 살리고 싶었다.

세상에는 나쁜 사람도 있다. 착한 사람뿐이었다면 아토스 씨는 죽지 않았고 우리가 수인 마을을 떠날 일도 없었다.

──슬픈 일이 있었다.

그렇기에 세상 사람들이 모두 착하지 않은 건 안다. 하지만 나는 역시 습격받는 사람을 내버려 둘 수 없었다. 아직 공중으로 떠오르는 것밖에 못 하는 나는 카미하의 등에 올라탔다.

습격받은 사람들은 처음 보는 특이한 복장을 입고 있었다. 얼굴에 뭔가 상처 같은 게 있어서 깜짝 놀랐다.

그보다 우선 멧돼지 같은 마물을 어떻게든 해야 했다. 사람들은 갑자기 하늘에서 나타난 우리를 보고 놀라서 주저앉았다.

나는 사람들을 지키기 위해 왔지만 이 사람들 입장에서는 우리가 무서울지도 몰랐다. 내게 그리폰들은 소중한 가족이지만 다른 사람들한테는 그저 무서운 마물이리라.

그렇게 생각하니 조금 슬퍼졌지만 어쩔 수 없는 일이었다.

멧돼지 마물은 사람들에게 돌진하려고 했다. 내가 대처하려고 움직이기도 전에 카미하가 마물을 향해 날아가 진로를 바꾸게 했다. 이로써 마물이 사람들에게 돌격할 위험이 줄었다.

나는 카미하를 타고 있었다. 주저앉은 사람들에게 시선을 보내면서도 계속 마물을 의식했다.

방심하면 크게 다칠지도 모른다. 마물을 무력화하기 전까지는 긴장을 늦출 수 없다.

진로가 틀어진 마물은 곧장 일어나 다시 돌진했다. 같은 수법을 써서 진로를 바꾸는 건 어려울지도 몰라서 어쩔까 고민하니 프레네가 말했다.

"레룬다, 내가 마법을 쓸게. 잠깐 시간을 벌어 줘."

그 말을 듣고 나는 고개를 끄덕였다. 그 후 그리폰들과 함께 마물을 몇 번 밀어냈다. 하지만 멧돼지 마물은 쓰러져도 죽지 않았다.

그러다 마지막에 프레네가 바람 마법으로 쓰러진 마물의 숨통을 끊었다.

이 멧돼지 마물은 마을로 가져가자. 멧돼지 마물의 고기는 맛있으니 분명 다들 좋아할 것이다.

나는 주저앉은 사람들을 보았다. 인원은 다섯이고 옷 여기저기에 흙이 묻었다. 마물로부터 도망치다가 묻은 걸까. 나는 카미하를 타고 있어서 그 사람들을 내려다보는 형태가 되었다. 그걸 알아차리고 카미하의 등에서 내려왔다.

물끄러미 사람들을 보았다.

습격받은 것은 나와 똑같은 인간이었다. 다만 얼굴에 검은 무늬가 그려진 것이 달랐다. 처음에는 다친 건 줄 알았는데 아닌 듯했다. 얼굴에 그림을 그렸는지 아니면 문신을 새겼는지는 모르겠지만 신기했다. 얼굴에 뭔가를 그린 사람은 처음 봤다. 독특한 사고방식을 가진 외부 민족일까.

야윈 몸을 보면 한동안 제대로 밥을 못 먹었는지도 모른다. 그렇게 생각하니 걱정되었다.

내가 살린 다섯 명은 다들 안색이 안 좋았다. 그중에서도 어린아이는 당장에라도 쓰러질 것 같았다.

그 모습은 거처를 잃었던 우리와 겹쳐 보였다. 우리는 운 좋게 먹을 것을 찾아서 살았지만 자칫 잘못했으면 이들과 같은 상황에 처했을지도 모른다.

그렇게 생각하니 더더욱 내버려 둘 수 없었다.

"저기……."

나는 그들에게 다가갔다. 그들은 내게 반응하지 않고 겁먹은 얼굴로 나를 보고 있었다. 사람은 알 수 없는 존재를 두려워한다. 내가 어떤 사람인지 모르기에 무서울 것이다.

그래서 나는 웃어 보였다.

"나, 레룬다. 그쪽, 은?"

"우, 우리는──."

"잠깐! 이 아이는 수상해!! 마물을 데리고 있다니! 미가 왕국 사람일지도 몰라!"

한 아저씨가 외쳤다.

마물을 데리고 있는 내가 수상해 보이는 모양이었다. 하긴, 수인들은 그리폰을 신으로 생각해서 바로 받아들여 줬지만 엘프들은 처음에 경계했었다.

이 사람들이 경계하는 것도 어쩔 수 없는 일이었다.

그나저나 미가 왕국이라고? 이 사람들도 미가 왕국과 관련이 있는 걸까.

미가 왕국은 내가 살던 나라 옆에 있던 나라다. 페어리트로프 왕국이 신녀를 손에 넣어서 이웃 나라인 미가 왕국은 수인 마을을 습격해 수인들을 노예로 삼았다는 건 알고 있었다. 그래서 니르시 씨네 마을 사람들은 노예가 되었고 아토스 씨는 죽었다.

그리고 우리는 도망쳤다.

도망친 뒤로 미가 왕국과 내가 살던 페어리트로프 왕국과도 엮일 일이 없었다. 추격자가 올지도 모른다고 생각했는데 이런 식으로 미가 왕국의 이름을 들을 줄은 몰랐다.

──이 사람들은 어째서 미가 왕국과 동떨어진 숲속에 있는 걸까.

"나…… 미가 왕국, 아니야. 이 근처 마을에 살아."

"이 근처에 마을이 있다고? 미개척지인 숲속에……?"

나는 미가 왕국 사람이 아니었다. 모두와 함께 사는 마을의 주민이었다. 그러고 보니 이럴 때 설명하기가 어려우니 마을 이름을 생각하는 편이 좋을 것 같았다. 놀란 얼굴을 한 사람들에게 어떻게 말해야 경계심을 풀까.

나는 고민하며 조금씩 말했다.

"우리, 도망쳐서 숲속에 왔어."

뭐라고 설명하면 좋을지 모르겠지만 적이 아니라고 알리고 싶었다.

"──그리고, 이 근처에 마을을 만들고 있어. 미가 왕국과는 달라. 우리가 여기까지 온 건, 미가 왕국 때문이야. 아마도, 그건 당신들과 같아."

미가 왕국과는 다르다고, 미가 왕국 때문에 이런 곳까지 왔다고, 아마 비슷한 처지일 거라고 말했다.

그러자 다섯 명이 속닥거리며 대화하기 시작했다.

작은 목소리라서 무슨 말을 하는지는 안 들렸다. 이 사람들이 안심하면 좋겠다는 생각에 나는 그저 조용히 대화가 끝나기를 기다렸다.

잠시 후 아까 나를 가장 경계했던 아저씨가 입을 열었다.

"우리는 긴 여행으로 만신창이가 됐어……. 정말로 마을이 있다면 그곳에서 쉴 수 있을까?"

나는 그 말에 멋대로 데려가도 되나 싶어서 고민했다. 하지만 눈앞의 사람들을 보고 있자니 내버려 둘 수 없었고 푹 쉬게 하고 싶었다.

우리처럼 큰일을 겪은 인간들이라면 다들 받아들일 것이다. 그렇게 생각하고 결국 나는 고개를 끄덕였다.

나는 사람들을 마을에 데려가려고 했지만 마을에 도달하지 못했다.

가는 도중에 사냥하고 돌아오던 수인들과 맞닥뜨렸기 때문이다.

"레룬다……? 같이 있는 녀석들은 누구야?"

오샤시오 씨가 그렇게 말하고 나를 보았다.

나는 사람들과 만나게 된 경위와 이들에게 도움이 필요해 보인다는 것을 오샤시오 씨에게 전했다.

그러는 동안 사람들은 갑자기 나타난 수인들을 보고 깜짝 놀라서 경계했다. 내가 소중한 동료라고 말해도 숙덕거렸다. 그들에게 수인은 경계할 대상인 것 같았다.

말이 통하는데 슬픈 일이라고 생각했지만 어쩔 수 없을지도 모른다.

"레룬다, 잠깐 이쪽으로 와."

오샤시오 씨는 그렇게 말하고 좀 떨어진 곳으로 나를 불렀다.

"레룬다, 누군가를 데려올 때는 우리에게 먼저 상담해 줘."

다른 사람을 돕고 이런 말을 들을 줄은 몰라서 조금 놀랐다.

"레룬다…… 만든 지 얼마 안 된 마을에 무슨 생각을 하는지 모를 사람을 들이는 게 위험한 건 알지?"

"하지만…… 곤경에 처한 사람들이야."

내가 도운 사람들은 인간이었다. 인간과 수인은 좋은 관계라고 할 수 없지만 어려울 때는 서로 돕는 것이라고 생각했다. 마물에게 공격받고 몹시 지친 이들을 그대로 내버려 둘 수 없었다.

이렇게나 기력을 잃고 내일이 보이지 않는 상황에 빠진 사람들을 그대로 내버려 둘 수 없었다.

그리고 우리처럼 미가 왕국 때문에 살던 곳에서 쫓겨났다고 들으니 더더욱 내버려 둘 수 없었다.

"곤경에 처한 사람을 돕고 싶어 하는 건 레룬다의 좋은 점이야. 우리는 네 그런 상냥한 부분을 좋아해. 하지만 상냥함만으로는 해결 안 되는 일이 있어."

"응……."

"세상의 모든 존재가 착하지는 않아. 그랬다면 아토스 씨는 안 죽었을 거고 우리는 마을에서 쫓겨나지 않았을 거고 시레바의 동료들도 마물의 제물이 되지 않았을 거야. ──이 세상은 결코 녹록지 않아."

"응……."

세상은 착한 존재만으로 가득하지 않다. 그렇기에 아토스 씨가 죽었다. 나는 그걸 안다고 생각했다. 하지만 그랬다. 아무리 습격받아 죽을 뻔했던 사람이어도, 도와주고 나서 적으로 돌아설 수 있었다.

오샤시오 씨에게 지적받고 처음으로 그걸 깨달았다.

"도와주고 싶어 하는 건 좋은 감정이야. 하지만 그렇다고 마을에 데려오면 큰일이 벌어질 수도 있어. 레룬다—— 매섭게 들릴지도 모르지만 분명하게 말할게."

"응, 부탁해요."

오샤시오 씨는 화내는 것이 아니었다. 나를 위해 꾸짖고 있었다는 걸 알기에 무섭지 않았다. 그 의견을 확실하게 듣자. 귀를 기울이고 앞으로는 혼날 만한 일을 안 저지르고 싶다.

똑바로 시선을 맞추고서 오샤시오 씨의 말을 기다렸다.

"레룬다는 너무 물러. 레룬다는 신녀일지도 모르는 특별한 존재야. 그래서 지금까지는 이런 생각을 안 해도 살 수 있었을 거야. 하지만 우리가 안심할 수 있는 곳을 만들겠다는 꿈을 정말로 이루고 싶다면—— 이대로는 안 돼. 흘러가는 대로 살 뿐인 인생이라면 깊이 생각하지 않아도 되겠지. 하지만 자기 손으로 꿈을 이루려면 그 물러 터진 생각은 버려야 해."

오샤시오 씨는 내가 물러 터졌다고 말했다.

"도와주고 싶어 하는 마음을 부정하는 건 아니야. 그건 좋은 마음이야. 하지만 도와준 이후를 생각했으면 해. 만약 저들이 나쁜 녀석이라면 모처럼 만든 마을이 무너질 수도 있어."

"무너져……?"

"그래. 우리는 저 녀석들이 우리를 어떻게 여기고 무슨 생각으로 마을에 가고 싶어 하는지, 저 녀석들의 말이 사실인지조차도 몰라. 어쩌면 레룬다를 속여서 마을에 들어오려는 걸 수도 있어. 사람이 항상 사실만을 말하지는 않으니 어떤 본심을 숨겼을지 몰라. 저 녀석들은 우리를 죽이고 자원을 빼앗으려는 생각을 할 수도 있잖아?"

"응……."

나는 습격받던 사람들을 구하고 도움이 필요한 상황이니까 마을에 들이려고 했다. 그들을 도와주고 싶었지만 그 탓에 내가 정말로 소중히 여기는 것을 잃을 수도 있었다.

나는 거기까지 생각하지 않았다. 거기까지 머리가 돌아가지 않았다.

──만약 내가 저 사람들을 받아들여서 모두가 죽는다면 무서운 일이다. 외톨이가 될지도 모른다고 생각하니 슬펐다.

나는 아직도 생각이 부족하다.

"──앞으로 우리 목표를 이루려면 모든 것을 구할 순 없어."

"응……."

오샤시오 씨는 전부를 구할 수는 없다고 분명하게 말했다.

"누군가를 버리고 누군가를 구하는 선택을 해야만 할 때가 많을 거야. 이번 일도 마을을 생각하면 저 녀석들을 데려가지 않고 버리는 걸 선택해야 해."

"응……."

"해 보지 않으면 알 수 없는 게 사실이고 저 녀석들을 받아들여서 마을에 좋은 일이 일어날지도 모르지. 하지만── 그 전에 모든 가능성을 생각하는 편이 좋아."

"응."

해 보지 않으면 알 수 없다. 하지만 그 전에 혹시 모를 가능성을 생각해야 한다. 어려운 이야기다.

"하지만 이대로 저 녀석들을 내버려 두겠다는 건 아니야. 저 녀석들을 어떻게 할지는 다 같이 이야기하고 정하자."

"응."

"그러니까 레룬다, 외부인을 발견했을 때는 먼저 우리에게 이야기해. 부탁할게."

"응…… 생각 없이 굴어서, 미안해요."

"이해했다면 됐어. 그럼 저쪽으로 갈까."

"응."

나는 오샤시오 씨의 말에 고개를 끄덕이고 다른 사람들이 있는 곳으로 돌아갔다.

◆

내가 찾은 사람들을 어떻게 할지는 아직 결정되지 않았다. 일단 우리끼리만 마을로 돌아가서 설명하고 그들을 보기 위해 수인 몇 명과 함께 다시 돌아왔다.

내가 구한 사람들은 위축되어 있었다. 나는 인간이지만, 내가 사는 마을의 주민이 수인이라서 놀란 듯했다.

모두가 여러 가지를 물었다. 이들은 미가 왕국에서 살다가 쫓겨나서 숲으로 도망쳤다고 했다. 동료들과 함께 있었지만 마물에게 습격받고 뿔뿔이 흩어진 것 같았다.

미가 왕국은 수인이나 다른 종족뿐만 아니라 같은 인간도 노예로 삼는다고 오샤시오 씨가 내게 설명했다.

이 사람들은 아마 그래서 쫓겨났을 거라고 했다. 수인들이 그런 일을 당한 것은 나도 직접 봤고 아토스 씨가 죽기도 해서 실감하고 있었다. 하지만 같은 인간도 노예로 삼는다는 것은 이 사람들과 만나고 처음으로 실감했다.

어떻게 누군가를 노예로 삼는 걸까.

이 사람들이 그런 일을 겪었다면 돕고 싶었다.

하지만 간단히 마을에 들이면 안 된다는 것은 꾸중을 듣고 이해했다.

"──인간 중에도 좋은 녀석과 나쁜 녀석이 있는 것처럼 우리 수인이나 이렇게 쫓겨난 녀석들이라고 해서 다 착한 건 아니야. 사람이 별로 없을 때는 괜찮을지도 모르지. 하지만 사람이 늘어날수록 나쁜 녀석일 수도 있는 자가 늘어나는 거야."

내가 돕고 싶어 하는 걸 알았는지, 옆에 있던 오샤시오 씨가 나한테만 들릴 목소리로 그렇게 말했다.

"우리는 아직 인원이 적어서 돌아가고 있어. 만약…… 우리 마을의 기반이 좀 더 갖춰진다면 다른 사람을 받아들일지도 몰라. 하지만 지금은 안 돼."

"응……."

"우리 중에서도 어쩌면 나쁜 녀석이 나올지도 모르니까."

"나빠져……?"

"그래. 착한 녀석이 뭔가에 영향을 받아서 나쁜 녀석이 될 수도 있어. 착한 인간이 쭉 착할 거란 보장은 없어. ──나도 뭔가 영향을 받아서 나쁜 사람이 될지도 몰라."

"……상상, 안 가."

"그럴 수 있지. 하지만 그런 가능성도 있다는 걸 염두에 두는 편이 좋아."

내가 구한 사람들은 애원하듯 나를 보고 있었다. 다른 사람들이 마을에 들이지 않기로 한 것을 알고 내게 도움을 구했다.

그런 눈으로 보니 마음이 흔들리려고 했지만 마을을 생각해야 했다. 나는 신녀일지도 모르지만 돕고 싶다고 모두를 도울 수는 없었다.

나는 간절히 바라보는 이들에게 고개를 저었다.

마을에서 전갈이 왔다. 마을 사람들의 의견도 역시 이 사람들을 마을에 들이지 않는 것이었다.

하지만 녹초가 된 이들을 이대로 숲에 방치할 만큼 다들 냉정하지는 않았다. 마을에는 들일 수 없지만── 이들이 쉴 만한 안전한 곳을 만들어 주기로 했다.

모두를 돕고 돌보기는 어렵다. 그렇게는 하고 싶어도 할 수 없다. 그렇기에 마을을 생각하여 위험을 최소한으로 줄이면서 가능한 한 돕는다. 직접적인 행동보다는 결과가 늦게 나올지도 모르지만 제대로 순서를 지켜서 돕는다면 좋은 결과를 가져오기도 한다.

그 뒤로 수인들은 사람들이 쉬게 텐트 같은 것을 만들었다.

위치는 마을 서쪽에 잡았다. 쉬는 동안 습격받지 않게 몇 명이 보초를 선다고 했다. 그 후에 어떻게 할지는 나중에 다시 생각하기로 했다.

◆

마을로 돌아가니 다 같이 이야기를 나누고 있었다. 사람들의 동료가 숲속에 흩어져 있다면 이 근처에 있을지도 몰랐다.

그러니 경계해야 한다고 이야기하고 있었다.

신기한 민족이 얼굴에 새긴 문신은 신에 대한 신앙심을 나타낸다고 했다. 세상에는 정말로 다양한 신앙의 형태가 있었다.

몸에 새긴 문신에도 의미가 있는 듯했다. 문신을 새기는 건 무섭게 느껴지지만, 그들에게는 당연한 행위일 것이다. 그 문화를 받아들이고 이해해 나가고 싶다.

그 민족이 동료와 합류해서 수가 늘어나면 이 평온한 마을에 어떤 영향을 줄지 알 수 없다고 했다. 아직 마을로서의 형태도 갖추지 못한 이곳에 정체 모를 인간을 들일 수는 없었다. 그들이 무슨 생각을 하는지도 모르니 더더욱 그랬다.

그나저나 굉장히 신기한 사람들이었고 처음 보는 차림새였다.

내가 아는 인간은 고향 사람들과 란 씨뿐이었다. 가이아스를 공격했던 인간들도 그 사람들과는 달랐다. 같은 인간 중에도 그렇게 다른 사람들이 있다니 놀라웠다.

나는 정말 이 세상을 전혀 몰랐다.

그래서 좀 더 생각하고 행동해야겠다고 다짐했다. 다정한 사람들, 사랑하는 사람들을 위해 나는 제대로 생각해야 한다.

──일단 그 사람들의 동료가 있다면 합류하라고 하자.

그리고 다른 곳으로 이동하라고 하자.

"만약 여기서 살고 싶다고 한다면 거절하는 편이 좋을 거야. 이 마을은 아직 그 인간들을 받아들일 만한 준비가 안 됐어."

동구 씨가 분명하게 말했다. 다른 사람들도 그 말에 고개를 끄덕이며 납득했다.

하지만 로마 씨가 뭐라 말할 수 없는 표정을 지은 게 조금 신경 쓰였다.

막간 왕자와 영장 / 왕녀와 선택 / 언니의 일상의 끝과 자각

니나의 아버지, 즉, 페어리트로프 국왕이 붕어했다. 그리고 이웃 나라인 페어리트로프 왕국은 붕괴의 위기를 맞이했다. 내 아버지인 미가의 왕은 원래 같았으면 이 상황에서 페어리트로프 왕국을 가만히 내버려 둘 사람이 아니었다.

하지만 미가 왕국도 문제를 안고 있었다.

미가 왕국은 페어리트로프 왕국에 신녀가 나타났다고 해서 그에 대항하기 위해 인재를 늘리려고 이종족과 미가 왕국에 따르지 않는 인간을 습격해 노예로 만들었다.

──그 행동의 대가를 지금 치르고 있었다. 미가 왕국은 급속히 늘어난 노예들을 관리하지 못했다.

애초에 강제로 노예로 만든 이들을 수용할 곳도 한정되어 있었다. 수용소의 수가 그렇게 많지는 않았다.

점점 늘어나는 노예를 둘 곳이 없어서 수용소에 따라서는 제대로 식사를 못 주거나 노예끼리 다툼이 일어나는 등 문제가 많이 발생했다.

나에게 아바마마는 절대적이고 거역할 수 없는 존재였다.

니나가 질책했을 때 그걸 깨달았다. 하지만 막상 이렇게 나라가 망가지는 모습을 보니 복잡한 기분이 들었다.

　──그리고 아바마마가 보낸 영장이 내게 도착했다.

　거기에는 난동을 부리는 노예를 죽이라고 적혀 있었다. 마치 물건을 다루듯이 처분하라는 말을 보고 나는 생각에 잠겼다.

　내가 뭘 하고 싶은지.

　나는 솔직히 노예로 삼는 행위도 싫었지만 명령을 거역할 수 없다며 내가 행한 일이었다. 멋대로 노예로 삼고서 이번에는 죽이다니…… 그런 일은 하고 싶지 않았다. 국내의 혼란이 진정되면 아바마마는 페어리트로프 왕국을 노릴 것이다.

　페어리트로프 왕국에서는 3왕자가 '보호 중이던 신녀가 가짜여서 왕이 죽었다'라고 대의명분을 내세우며 자신이 왕이 되어야 한다고 했다. 그건 타국도 쓸 수 있는 대의명분이었다.

　아바마마는 국내 상황이 정리되면 '가짜 신녀를 숭배하는 나라를 신의 이름으로 토벌한다'면서 페어리트로프 왕국에 쳐들어갈 것이다.

　신에게 사랑받는 특별한 존재가 정치에 이용되고 있었다. 아마 페어리트로프 왕국의 신녀는 가짜일 테니까 이용하더라도 문제없을 것이다. 내가 만났던 소녀가 신녀라고 가정했을 때의 얘기지만.

　나는…… 니나가 있는 나라를 공격하고 싶지 않았다. 니나가 패전국의 왕녀가 되면 그 뒤로 어찌 될지 모른다. ──그렇다면 차라리 이 나라에서 내란이 일어나서 페어리트로프 왕국과 전쟁하지 않는 편이 좋지 않을까 하는 생각마저 들었다.

아바마마와 니나.

누구를 택할지 정해야 했다.

이전의 나였다면 망설이지 않고 아바마마를 택했다. 아바마마의 말이 곧 전부라서 거역할 생각도 못 했을 것이다. 하지만 니나와 만났고 니나의 말이 뇌리에 떠올랐다. 후회하지 않을 길이 무엇일지 냉정히 생각해 보면 나는 니나와 함께 걷고 싶었다.

그러려면 어떻게 해야 할까.

니나는 왕위 계승권 5위라는 입장으로 이웃 나라에서 힘든 상황 속에 있을 것이다. 니나가 이대로 얌전히 있을 것 같지는 않았다. 니나는 이 상황에서 분명 움직여 후회하지 않을 길을 필사적으로 찾고 선택할 것이다.

──그렇다면 나도 그렇게 하자. 나도 후회하지 않을 길을 필사적으로 선택하겠다.

니나와 접촉하기는 어렵고 어떻게 움직일지도 알 수 없다. 하지만 내 나름대로 생각해서 최대한 니나의 힘이 되도록 움직이자.

나는 그렇게 결심하고 우선 나라에 반발하는 노예들을 만나기로 했다.

──나는 그들을 노예로 만든 인간이다. 그렇기에 그들에게는 증오스러운 상대일지도 모른다. 하지만 내가 가장 먼저 해야 할 일은 아바마마에게 들키지 않고 그들을 아군으로 만드는 것이다.

나는 줄곧 다른 이를 노예로 만드는 것에 마음 아파했다. 하지만 바보처럼 비관하고 아바마마를 거역할 수 없다고 결론짓고 행동하지 못했다. 그러나 지금이야말로 행동해야 할 때이지 않을까. 내 마음을 순순히 따라야 할 때이지 않을까. 물론 내 죄는 사라지지 않고 저지른 일에 대해서도 받아들일 생각이다.

나는 줄곧 아바마마가 옳다고 생각했었다. 하지만 아바마마는 노예를 늘리려다가 실패하여 이렇게 나라를 어수선하게 만들었다. 미가 왕국은 아바마마의 방침으로 국민과 노예가 구분되어 있었다.

그것을 어떻게든 할 수 없을까.

나는 이전에 만났던 소녀가 정말로 신녀라면 언젠가 나를 죽였으면 좋겠다고 바랐다. 그저 내가 편해지기 위한 생각이었다.

하지만── 이제 그런 생각은 하지 않는다.

나는 나대로 내 마음을 따라 움직이겠다. 세상일이 어떻게 될지 모르니까 후회하지 않게 행동해야 했다.

"나는, 이제부터──."

나는 부하도 신뢰하지 않았었다. 하지만 줄곧 내 곁에 있던 부하들은 나를 진심으로 걱정했다.

그래서 나는 다시금 주위를 보고서 믿을 만한 인간에게 내 뜻을 전했다.

이 앞에 어떤 결과가 기다리더라도 나는 후회하지 않는다.

◆

──왕이 되는 길이 가장 좋을지도 모릅니다.

어떤 의도로 그렇게 말했는지 모르겠지만 나는 그 제안을 거절했다.

현실적으로 나는 5왕녀라서 왕이 되기 위한 공부를 전혀 하지 않았다. 언젠가 시집갈 것을 전제로 한 교육만 받았다. 그런 내가 왕이 되더라도 그 이후가 힘들 것이다.

왕이 될 예정으로 기반을 다진 왕태자를 지지하는 자가 많았다. 내가 왕이 되는 것은 그자들과 적이 되는 것이기도 했다.

현재 국내의 문제는 신전이 가짜 신녀를 만든 것에 왕태자와 2왕자도 관여했다고 3왕자가 규탄하는 것이었다. 그리고 그것을 백성이 지지하는 것이 가장 큰 문제였다. 그렇다면 그 전제를 뒤집으면 된다.

왕가는 앨리스 님이 신녀가 아니라는 걸 몰랐다. 나는 어쩌면 신녀가 아닐지도 모른다고 의심했지만 확신이 없었다. 진짜 신녀인지 아닌지 구별하는 사람은 신탁을 받은 신관들뿐이리라.

──그렇다면 앨리스 님이 신녀인지 아닌지 알 유일한 열쇠는 대신전이다.

"저는 주라드 오라버니를 만나러 가겠어요. 당신들도 같이 왔으면 하는데 부탁해도 될까요?"

나는 페어리트로프 왕국의 정식 왕태자인 주라드 페어리에게 가기로 했다. 그리고 베네 상회 사람들에게 같이 가 달라고 부탁하니 고개를 끄덕였다.

베네 상회는 나를 왕으로 만들고 싶은 건지도 모른다. 왕이 된 나를 뒤에서 조종하거나 이용하려던 걸지도 모른다. 하지만 그 꼬임에는 넘어가지 않겠다. 베네 상회와 나는 어디까지나 이용하고 이용당하는 관계일 뿐이다. 그들이 이 나라의 평온을 바라는 것은 확실하리라. 하지만 완전한 아군은 아니었다.

나는 그걸 알고 있었다.

이용할 장기짝으로서 주라드 오라버니에게 베네 상회를 소개하자. 최소한 이 나라를 안정시키고 싶다는 마음은 같다고 말하자.

오랜만에 주라드 오라버니와 재회했다.

후궁의 딸인 나와 정비의 아들이자 왕태자인 주라드 오라버니, 2왕자 기이 오라버니. 같은 왕의 소생이어도 어머니가 누구인지에 따라 지위가 확 달라졌다. 나와 오라버니들의 입장은 명확하게 달랐다.

나라가 혼란스러운 상황에 찾아온 내게 두 오라버니는 웃는 낯을 보였다. 하지만──그 눈에는 나를 향한 경계심이 담겼다.

나라가 이렇게 어지러운 와중에 찾아왔으니 경계하는 것도 당연했다. 내가 오라버니들과 같은 입장이었어도 경계했을 것이다.

"오랜만이에요. 주라드 오라버니, 기이 오라버니."

나는 열심히 긴장을 감추고 미소를 지었다. 내가 변방으로 가기도 해서 이렇게 오라버니들 앞에 서는 것은 정말로 오랜만이었다. 원래도 그다지 대화가 많지 않았다. 그런 오라버니들에게 말을 꺼내자니 심장이 터질 것 같았다.

다행히 오라버니들은 바쁜 와중에도 나를 만났지만 이야기를 끝까지 들어 줄지는 몰랐다. 오라버니들이 마음에 안 든다며 내 말을 기각하더라도 뭐라고 할 사람은 아무도 없었다. 그만큼 나와 오라버니들의 입장은 차이가 났다.

"그래서 무슨 일로 온 거지?"

"──후궁의 딸이고 5왕녀일 뿐인 저의 보잘것없는 머리로 생각한 의견이지만 말씀드리고 싶은 것이 있어요."

그렇게 운을 뗐다. 오라버니들이 말해 보라고 했기에 나는 고했다.

"국내의 혼란을 수습할 절충안이 필요해요. 누군가가 벌을 받아야죠. 현재 국민은 신녀를 사칭했다는 이유로 앨리스 님에게 그 역할을 떠넘기려 해요. 3왕자 측도 그렇고요. 하지만 3왕자 세력의 의견이 그대로 통과되면 자기들이 정의라고 밀어붙일 거예요."

결국 얼마든지 이긴 측이 정의라고 말할 수 있는 세상이었다. 앨리스 님이 가짜 신녀로 처벌받으면 국민은 아바마마나 오라버니들이 가짜 신녀를 만들었다는 3왕자 측의 의견이 진실이라고 인식하게 된다.

"그렇게 되면 돌아가신 아바마마와 주라드 오라버니가 가짜 신녀를 만들었다는 거짓이 진실이 되는 거예요. 그리고 저는 앨리스 님을 뵌 적이 있는데, 그분은 자신이 신녀라고 믿었어요. 변방 마을에 살다가 대신전이 신녀라고 하니까 따라온 거예요. 어떻게 앨리스 님이 신녀가 아닌 줄 알면서 속였겠어요? 설령 대신전 측이 앨리스 님을 신녀라고 인정하지 않았다면 이렇게 일이 커지지 않았겠죠. 애초에 앨리스 님이 신녀가 아니더라도 신녀를 보호하는 것은 대신전이고 신녀가 진짜인지 판단하는 것도 왕가가 아니라 대신전이에요."

3왕자 세력은 3왕자를 왕으로 만들려고 억지로 정당성을 내세우며 대신전과 왕가가 유착해서 가짜 신녀를 만들었다고 거짓을 주장했다. 하지만 왕가는 신녀가 가짜인 줄 몰랐다. 그렇다면 누가 가짜 신녀를 만들었는가.

——대신전밖에 없다.

"신녀가 가짜라는 3왕자의 주장에 가장 먼저 반론해야 할 대신전의 상층부가 움직이지 않는 것도—— 앨리스 님이 진짜 신녀가 아님을 알기 때문이겠죠."

'앨리스 님은 신녀가 아닐지도 모른다' 라는 수준이 아니라 '신녀가 아니다' 라고 확신했을 것이다.

"3왕자 세력은 현재 국민의 지지를 받고 있어요. 다들 3왕자 측의 주장을 믿기 때문이에요. 그래서 주라드 오라버니도 움직이기 어려울 거예요. 그렇기에 3왕자 세력의 주장을 뒤집어야 해요. 대신전 측에 진실을 묻고 그걸 공표하면 오라버니들이 가짜 신녀를 만들었다는 허위 주장을 어떻게든 할 수 있을 거예요. 그리고 앨리스 님을 그저 이용당했을 뿐인 가여운 소녀로서 보호하면 오라버니들의 자비로움도 증명할 수 있겠죠."

나는 거기까지 말하고 주라드 오라버니와 기이 오라버니를 보았다. 오라버니들은 진지한 얼굴로 고개를 끄덕이고 입을 열었다.

◆

"잠깐, 나는 노란색이 좋다고 했잖아!"

"과자를 더 갖다 줘!"

나는 언성을 높였다.

나는 앨리스.

신에게 사랑받는 존재인 신녀……인 듯했다. 처음 대신전에 들어왔을 때는 내가 신녀라는 것을 믿어 의심치 않았다. 아니, 지금도 나는 특별하다고 생각한다.

줄곧 나는 특별하다는 말을 들으며 살았으니까. 신녀로 이곳에 왔을 때도 부모님은 당연하다는 태도였고 나도 내가 신녀라며 자신만만했다.

하지만 내 말을 듣는 것이 당연했던 주변 신관들의 태도가 요즘 이상했다. 나에게 들리지 않게 속닥거리는 것 같지만 다 들렸다.

'앨리스 님은 신녀가 아닐지도 몰라.' 그렇게 속닥거렸다.

내가 아무리 신벌이 내릴 거라고 말해도 실제로는 그렇게 되지 않았다.

내가 이 나라—— 페어리트로프 왕국에 있는데도 나라는 풍족해지지 않았고 오히려 나쁜 쪽으로 향했다.

신관들끼리 속닥거리며 그런 이야기를 했다. 나를 긍정했던 사람들이 그렇게 말하는 것을 들었을 때, 충격을 받았다.

마을 사람들도 나는 특별하고, 예쁘니까 내 말을 듣는 건 당연하다고 말했었다.

이곳에 온 뒤로도 다들 그렇게 말했다.

——그런데 나를 좋아할 터인 사람들이 나를 나쁘게 말했다.

나는 특별하니까 사람들에게 사랑받는 건 당연했다. 그런 나를 시기하여 나쁘게 말하는 사람도 간혹 있지만 내가 옳은 게 당연하다고 했다. 특별한 나의 소원은 뭐든 이루어져야 한다고 했다. ——엄마랑 아빠는 항상 그렇게 말했다.

하지만 지금까지 당연하게 여겼던 것이 사실은 그렇지 않을지도 모른다는 생각이 들어서 최근에 불안해졌다.

아니, 그래도 나는 특별하다.

나는 아주 예뻤다.

그래서 어떤 요구를 하든 다른 사람들은 내 말을 들어줬다. 그걸 확인하면 역시 나는 특별하고 옳다고 실감이 들어서 안심됐다.

때때로 주변 신관들이 말하는 신녀의 힘을 나는 현재 쓰지 못한다. 하지만 그런 건 상관없었다. 힘이 없어도 나는 특별하다. 분명 뭔가 상태가 안 좋아서 힘을 쓰지 못할 뿐이다. 특별하니까, 다른 사람과는 다르니까 나는 옳다.

나는 막연한 불안을 느끼면서도 요구를 말하고 이뤄지면 안심하며 그렇게 자신을 타일렀다.

앞으로도 대신전에서 쭉 이렇게 살 거라고 생각했는데 어느 날 내 생활이 격변했다.

"가짜 신녀 앨리스. 너를 투옥한다!"

예전에 몇 번 만난 적이 있는 이 나라의 왕족? 얼굴이 꽤 반듯하지만 내가 더 예뻤다. 왕족이어도 나보다 밑이라고 생각하여 이름도 기억하지 않은 사람이 말했다.

신녀인 내 방에 갑자기 들이닥쳐서 그렇게 말했다. 몹시 무례했다.

영문 모를 말을 하고 나를 노려보다니.

"내가 가짜 신녀라고? 무슨 소리야! 나는 신녀야! 신녀의 방에 무단으로 들어오다니 무례해!"

나는 불쾌했다.

그저 이곳에 느닷없이 들어온 사람들을 쫓아내고 싶다는 생각뿐이었다.

"이 무례한 사람들을 쫓아내!"

나는 다른 사람들에게 명령했다.

하지만—— 그 바람은 이루어지지 않았다.

뒤이어 들어온 기사를 보고 주위에 있던 신관들의 얼굴이 사색이 됐다.

"──부디 저희는 살려 주세요."

"이 가짜 신녀는 내어 드리겠어요."

신관들은 자기만 살겠다고 나를 지키지 않았다.

특별해서 누구보다도 소중히 여겨야 할 나를 아무도 지키려고 하지 않았다.

"뭐 하는 거야! 나는 신녀야! 나한테 이래도 될 것 같아?!"

나는 언성을 높였다.

하지만 몸은 떨리고 있었다. 나보다 훨씬 몸집이 큰 사람에게 붙잡힌 것은 처음이었다. 지금껏 경험한 적 없는 사태에 처음으로 공포심이 싹텄다.

아무리 외쳐도 기사는 나를 놓지 않았다.

왜 이런 일을 겪어야 하는지 모르겠다.

내가 언성을 높이면 다들 내 말을 들어야 했다.

다들 그게 당연하고 내 바람은 이루어져야 한다고 그랬으니까. 나는 특별하니까──.

하지만 내가 제압당해 아파하는데도 놓지 않았다.

놔 달라고 부탁하는데도 차가운 눈빛으로 나를 봤다.

왜. 어째서. 나는 신관들에게 시선을 보냈다. 하지만 신관들도 차가운 눈빛으로 나를 보고 있었다.

도와달라고 외치려다가 줄곧 함께 있었던 신관들의 이름조차 모른다는 것을 깨달았다.

도와주지 않는 것에 충격을 받은 동안에 나는 끌려가서 차가운 방에 들어가게 되었다.

나는 특별할 텐데, 나는 뭘 해도 용서받을 텐데── 왜 내가 싫어하는데 이런 곳에 들어와 있는 걸까.

그 사람들은 나보고 가짜 신녀라고 했지만 처음에는 나를 신녀라고 하며 대신전에 들였다. 그래서 나도 내가 신녀라고 생각했다. '그게 아니었으니 가짜 신녀'라고 하는 건 이상했다. 멋대로 나를 신녀라고 한 건 이 나라인데.

애초에 신녀가 아니더라도 나는 특별하니까 이런 일을 겪는 건 이상하다.

"어째서, 왜!"

"나를 내보내 줘!"

"내가 누구인지 몰라?!"

나는 특별한데 어째서 이런 일을 겪는 걸까. 그런 생각이 들어서 몇 번이고 외쳤다. 나는 특별하고 세상이 나를 사랑하니까 곧 누군가가 구하러 올 거라고 믿었다.

하지만 나는 차가운 바닥에 앉아 있었다. 이런 곳에서 지내는 건 처음이었다. 감옥 같은 곳이었다.

문이 잠겼고 사람들은 나를 이곳에서 꺼내 주지 않았다. 최소한의 식사는 가져다주지만 굉장히 소박했다. 나는 늘 호화로운 식사만 했기에 이런 음식을 먹는 것도 처음이었다.

내가 바라면 뭐든 손에 들어왔다. 모두가 제일 먼저 좋은 것을 줬다. 평민으로 태어났지만 다들 나는 특별하다고 공주님이라고 말했었다.

모두가 내게 다정한 것은 당연한 일이라고 했다.

──그런데 다들 나를 차가운 눈빛으로 보고 있었다. 내가 아무리 배고프다고 말해도 잔반만 줄 뿐이었다.

나는 특별한데.

──혹시 나는 안 특별한가?

갑자기 무서운 생각이 떠올랐다.

──혹시 나는 사랑받는 게 당연한 존재가 아니야?

지금까지 생각도 못 했던 가능성이 샘솟아서 불안해졌다. 지금까지 '당연' 하게 생각했던 것이 당연하지 않을지도 모른다──. 그렇게 생각하니 무서워졌다.

무서워져서 그 생각을 믿고 싶지 않아 자신을 타이르듯이 크게 외쳤다.

"나는 신녀야. 내보내 줘!"

"나한테 이런 걸 먹으라고 주는 거야?"

"나는 특별해!"

하지만 그렇게 외칠수록 나를 보는 눈은 더 차가워졌다.

그 눈이 무서웠다. 한없이 차갑고 나를 좋아하지 않는다고 말하는 눈.

지금까지 이렇게 차가운 눈길을 받은 적은 없었다. 나는 특별해서 다들 다정한 것이 당연했다. 하지만── 그 당연함이 뒤집히려고 했다.

어째서 내가 이런 일을 겪는 걸까.

──혹시 나는 이대로 여기서 일생을 마치는 걸까.

몸이 부르르 떨렸다.

줄곧 갈아입을 옷을 주지 않아서 '신녀'로서 받은 신비로운 옷도 완전히 더러워진 상태였다.

사람들이 내 시중을 드는 건 당연하다고 생각했었다.

하지만 아무리 인정하고 싶지 않아서 아우성쳐도 나는 지금 내가 기타 등등이라고 여겼던 다른 사람들과 똑같은 입장이 ── 아니, 붙잡혀서 이대로 죽을지도 모르니까 그보다도 못한 입장이 되었을지 모른다.

"나도…… 다르지 않아."

나도 기타 등등이라고 여겼던 사람들과 똑같음을 깨달았다.

그 순간, 힘이 쭉 빠졌다. 그만 아우성치기로 했다.

소리 지르기를 멈추고 주저앉아서 나 자신을 생각했다.

나는 특별하니까 무슨 말을 하든 괜찮은 줄 알았다.

──하지만 나는 특별하지 않았다.

나처럼 굴어도 되는 사람은 주위에 없었다. 다른 사람은 안 돼도 나는 괜찮았다. 나는 누군가에게 혼난 적이 없었지만 다른 사람들은 혼났다. 내가 싫어하는 일을 강요하려던 사람은 주위에서 사라졌다.

내게는 그게 당연했다. 나는 특별하기에 그럴 수 있다고 생각했다.

하지만 나는 내가 생각했던 것만큼 특별하지 않았다.

이렇게 붙잡히고 어쩌면 죽을지도 모르는 상황이 되어 처음으로 그걸 자각했다.

나는 줄곧 긍정받으며 살아왔다.

내가 하는 모든 일을 다들 긍정했다.

그랬던 내가 처음으로 부정당했다. 아니, 곰곰이 생각해 보니 처음이 아니었다. 나를 부정했던 사람들은 나를 긍정하던 사람들이 치운 것 같다.

——지금 이곳에 나를 긍정하는 사람은 없었다. 나를 부정하는 사람을 치울 사람도 없었다.

나는 이 차가운 곳에 혼자였다.

"나는…… 복 받은 거였어."

당연하다고 생각했던 환경이 사실은 복 받은 환경임을 처음으로 깨달았다. 나는 나를 긍정하는 게 당연한 인생을 살았다.

그래서 부정당하는 것이 이토록 충격적일 줄 몰랐다. 그리고 처음으로—— 고향에서 줄곧 부정당했던 고것을 떠올렸다.

고것은 우리 집에 살던 동갑 소녀였다. 부스스한 갈색 머리와 눈을 가진 여자아이. 왜 우리 집에 살았는지 모르겠지만 고것은 존재를 알아차렸을 때부터 쭉 우리 집에 있었다.

같은 집에 살았지만 부모님은 고것을 내게 접근시키지 않았다. 친구들도 고것과 내가 접촉하는 것을 싫어했다. 고것은 나와 정반대의 의미로 마을 사람들이 특별하게 보았다. 가까이 가지 않는 게 좋다면서.

그래서 나는 고것을 잘 모르고 상종한 적도 거의 없었다.

이름도 모른다. 부모님이 말한 적이 있을지도 모르지만 생각나지 않았다. 부모님은 고것이라든가 그 아이라고 자주 말했던 것 같다.

그러고 보니 고것은 신전에서 사자가 왔을 즈음부터 보이지 않았는데 어디로 간 걸까. 여태껏 신경 쓰지 않았던 의문이 머릿속을 스쳤다.

내가 싫어하여 내 앞에서 사라진 사람들은 지금 어쩌고 있을까. 여태껏 생각해 본 적도 없는 생각을 했다.

──붙잡힌 신세인 내가 할 수 있는 일은 그렇게 계속 생각하는 것뿐이었다.

그로부터 며칠이 지나고 나는 붙잡힌 신세에서 벗어나게 되었다.

6 소녀와 어느 민족

그 민족과 만난 날, 나는 마을에서 평소처럼 기도를 하고 집에서 잤다. 그 신기한 사람들이 신경 쓰였지만 지금은 생각해 봤자 소용없었다.

날이 밝자 또 상황이 바뀌었다.

깨어나 보니 사람들이 복잡한 얼굴로 이야기를 나누고 있었다. 뭔가 일이 생겼나 싶어서 무서웠다.

"왜 그래?"

"레룬다구나. 안녕. 실은…… 인간들을 지키던 자들이 습격을 받았어."

"습격?"

나는 머릿속이 새하얘졌다.

어젯밤, 만신창이인 사람들이 마물에게 공격받지 않도록 수인 몇 명이 지키기로 했었다. 그런데 습격받았다니, 누구에게, 왜—— 그런 내 생각은 말하지 않아도 동구 씨에게 전해졌을 것이다. 동구 씨는 험악한 표정으로 말했다.

"그 인간들의 동료가 오해하고 습격했어."

"오해?"

그 사람들은 본의 아니게 동료와 헤어졌다고 했다. 헤어진 사람들과 합류한 것은 좋은 일이지만 습격이라니 뒤숭숭했다.

"그래. 우리는 그 인간들이 공격받지 않게 지키고 있었어. 하지만 인간의 동료들은 그걸 몰랐지. 수인이 동료를 포위하는 것처럼 보여서 습격했다고 해."

인간과 수인은 본래 어우러질 수 없는 존재다.

그래서 수인들이 동료 곁에 있는 것을 보고 몹쓸 짓을 당한다고 오해한 듯했다.

"그거, 어떻게 됐어?"

불안해졌다. 습격은 위험한 일이다. 습격당했다면 누군가가 다쳤을까? 그렇게 생각하니 무서웠다.

누군가가 다치는 게 무서웠다. ――누군가가 사라지는 것도 무서웠다.

"습격자들을 붙잡고 사정을 설명했어. 아무도 다치지 않았으니까 그렇게 불안해하지 않아도 돼."

"……그렇구나. 그럼, 다들 왜 그런 얼굴이야?"

다친 사람이 아무도 없다고 해서 나는 안심했다. 하지만 동구 씨의 표정은 여전히 심각했다.

왜 그런 걸까.

"그 인간들은 원래 꽤 수가 많았나 봐. 살던 곳에서 우리처럼 쫓겨나 뿔뿔이 도망쳐서 지금은 적지만 다 모이면 문제가 될지도 몰라. 도울 수 있다면 돕고 싶긴 해. 하지만 이 마을에 그렇게 많은 인간을 받아들일 수는 없어. 이 마을이 무너질 수도 있으니까."

동구 씨의 이야기를 들었다.

동구 씨는 아토스 씨가 죽고 나서 열심히 우리를 이끈 자상한 사람이다.

자상하기에 가능하다면 돕고 싶다는 마음이 있을 것이다.

습격한 사람들도 포함해서 우리 마을 근처에 있는 민족은 약 스무 명이 됐다고 했다.

"우리가 레룬다와 란을 받아들인 건 일단 레룬다가 그리폰 님들을 데리고 있었기 때문이야. 란은 혼자였고. 그리고——두 사람을 수용할 만한 상황이었다는 게 이유야. 하지만 이 마을은 만들어진 지 얼마 안 돼서 앞으로 어떻게 될지도 모르는 불안정한 상태야."

"응⋯⋯."

"그 인간들이 무슨 생각을 하는지도 몰라. 이런 상황에서는 마을에 받아들일 수 없어. 하지만 그저 밀어내는 것도 위험해. 그 인간들이 발끈해서 우리 마을을 뺏으려고 들지도 몰라. 이대로 쉬고 바로 떠나면 좋겠지만⋯⋯ 이곳에 머물겠다고 하면 일이 원만하게 끝나지 않을 가능성이 커."

일이 원만하게 끝나지 않을 가능성이 크다.

우리의 소중한 마을을 뺏을지도 모른다. 이대로 여기서 떠난다면 모를까, 그 사람들이 이곳에 머문다면 문제가 일어날지도 모른다.

그렇게 동구 씨를 고민에 빠뜨리는 일을 초래한 사람은 다름 아닌 나였다.

그 민족을 살리고 그냥 거기서 끝냈다면 좋았을지도 모른다. 아니면 공격받는 걸 그냥 돕지 않는 편이 좋았을까? 무엇이 가장 올바른 선택이었을지 모르겠다. 아니, 가장 올바른 선택은 없을지도 모른다. 무엇이 옳은지 그른지는 결국 정할 수 없는 문제다. 사람에 따라서 옳고 그름은 다를 것이다.

그 안에서 나는 어떻게 행동하면 좋을까. 내가 그 사람들을 살리고 마을이 있음을 밝혔다. 그건 이미 저지른 일이고 과거는 바꿀 수 없다. 그럼 나는 앞으로 어쩌면 좋을까.

"동구 씨…… 원만하게 끝나지, 않는다는 건……."

"싸워야 할지도 몰라. 싸움이 벌어지면 그 인간들이 다시는 우리에게 덤비지 않게 해야 해. 어중간하게 굴면 끝없이 싸움이 이어질 수도 있어. 그 결과 마을 사람이 죽을지도 몰라. ──그런 일도 충분히 있을 법해. 습격한 자들에게는 사정을 설명했지만 어떻게 되려나."

만약 싸움이 벌어지면…… 상상하니 무서웠다. 모두가 다치는 건 싫다. 아니, 마을 사람들뿐만 아니라 누군가가 다치는 건 싫다. 이런 나는 역시 물러 터졌을지도 모른다.

나는 신녀일지도 모른다. 그래서 다른 사람이 다치는 모습을 별로 보지 않고 살아왔다. 오샤시오 씨도 그렇게 말했다.

하지만 앞으로 모두가 안심할 수 있는 곳을 만들려면 그런 물러 터진 생각만 해서는 안 된다. ──누군가를 버리는 것, 누군가가 다치는 것. 그건 세상에서 당연하게 일어나는 흔한 일이었다.

우리와 그 민족.

어떻게 하면 좋을지 계속 생각해야만 한다.

내가, 나의 소중한 사람들을 지키기 위해.

그날 오후, 그 민족이 수상한 움직임을 보인다고 레이마가 알려 줬다.

내가 살린 사람들은 동료들과 합류했다. 우리에게 사람들을 해칠 마음이 없다는 것은 납득한 듯했다.

아침에 동구 씨와 이야기해서 그 민족에 퇴거를 요구하기로 마을의 방침이 정해졌다. 동구 씨가 그들과 교섭했다. 식량을 줄 테니 다른 곳으로 가라는 조건을 그들이 받아들였다.

——하지만 그 민족이 여전히 주변에 머무른다고 레이마가 보고했다.

알겠다고 말은 했지만 실제로는 전혀 납득하지 못한 걸지도 모른다. 우리가 사는 곳을 찾는지 주변을 돌아다닌다고 했다. 하지만 마을에는 도달하지 못했다.

이 마을은 그렇게 찾기 어려운 곳에 있지 않았고 오히려 눈에 띄었지만 발견되지 않았다.

이 마을에 신기한 현상이 일어나고 있었다.

그에 관해 나는 란 씨와 대화를 나눴다.

"——아마 레룬다가 있어서 그럴 거예요. 레룬다는 그 사람들을 마을에 데려오려고 했지만 다른 사람들의 이야기를 들고 마을에 오지 않았으면 좋겠다고 생각하게 됐죠? 그 마음이 이런 결과로 이어졌거나 아니면 인간들에게 우리를 해치려는 마음이 있어서 그렇거나 둘 중 하나겠죠."

"……그렇구나."

란 씨는 내가 이 마을에 있어서 사람들이 마을을 못 찾는다고 했다. 믿기 힘든 고찰이었다. 하지만 신녀는 신기한 힘이 있으니까 그런 것도 가능할지 모른다. 그렇게 생각은 하지만 믿기 어려웠다.

"네. 그럴 거예요. 정말로 신녀는 흥미로워요."

"……확정된 건, 아니잖아."

"네, 레룬다가 정말로 신녀인지 아닌지는 확정되지 않았어요. 하지만 저는 레룬다가 신녀라고 생각해요. 신녀가 아니더라도 레룬다가 특별한 힘을 가진 건 분명하고요."

란 씨는 온화하게 웃으며 단언했다.

그리고 이어서 말했다.

"그나저나 주변에 있다니 곤란하네요. 이 마을을 찾지는 못하더라도 조심하는 편이 좋겠어요. 신녀의 힘은 결코 완벽하지 않아요. 아토스 씨가 어떻게 됐는지를 보면 그건 명백해요. 다른 사람들도 그걸 아니까 조심하겠지만 무슨 일이 일어날지 몰라요. 저쪽은 뭔가 생각이 있어서 이렇게 우리 마을 주변을 돌아다니는 거겠죠. 이대로 아무도 찾지 못하고 떠나면 좋겠지만 이 마을을 찾지 못하더라도 근처에 살게 되면 엮이지 않는 건 어려워요."

마을을 찾지 못해서 떠난다면 다행이지만 만약 주변에 눌러 살려고 한다면 서로 엮일 수밖에 없다.

그 민족은 무슨 생각을 하고 무엇을 바랄까. ──그걸 안다면 뭔가 달라질까? 어딘가로 떠나 줄까? 아니면 깊이 알게 되면 엮이지 않는다는 선택지는 사라지는 걸까?

모르겠다. 하지만 일단 이대로 있으면 안 된다는 건 알았다. 내가 안일하게 사람들을 돕고 관여했기에 일어난 일이었다.

"프레네……."

나는 란 씨와 이야기를 끝내고 프레네를 불렀다.

프레네는 바로 반응했다.

"프레네, 나는…… 이 마을을 위해서도 그 사람들이 무슨 생각을 하는지, 알고 싶어."

"알아서 어쩌려고?"

"모르겠어. 하지만 생각을 모르는 것보다는, 아는 편이 나을 거야."

알아서 어쩔 것인지 즉답은 할 수 없었다. 나는 답을 가지고 있지 않으니까. 하지만 생각을 알면 무슨 일이 일어났을 때 움직이기 쉬울 것 같았다.

프레네는 내 말에 고개를 끄덕였다. 프레네가 직접 보여 주려고 하지 않으면 사람들에게 안 보일 터다.

그렇기에 프레네라면 뭔가 정보를 모을 수 있지 않을까 했다.

프레네는 그 민족에게 갔다.

나는 가이아스 곁으로 향했다.

어른들은 아이들에게 되도록 밖에 나가지 말라고 했다.

그 민족 문제가 있기 때문이었다.

그래서 가이아스는 마을 안에서 마법을 연습했다. 신체 강화는 쓸 수 있지만 다른 마법은 못 쓴다고 했다.

"가이아스."

"레룬다……."

"가이아스…… 어떻게, 될 것 같아?"

"그 사람들을 말하는 거야……?"

"응."

가이아스는 나보다도 여러 가지를 생각한다. 우리의 목표도 가이아스가 맨 처음 말했다. 가이아스는 그 민족을 어떻게 생각할까. 최종적으로 어떻게 되리라고 생각할까.

"솔직히…… 이대로 떠나 주지는 않을 것 같아."

"어째서?"

"아마 그 사람들은 우리와 관계를 맺고 싶은 게 아닐까."

"응……."

"하지만 서로를 위해서 엮이지 않는 편이 좋다고 할까, 우리한테는 그게 나을 거야."

"응."

"나는 우리가 안심할 수 있는 곳을 만들고 싶다고 했어. ── 사실은 그 사람들이 우리처럼 도망쳐 왔다면 함께 안심할 수 있는 곳을 만드는 게 제일이라고 생각해. 하지만 그 전에 우리가 정말로 안심할 수 있는 곳을 먼저 만들어야 그 사람들을 받아들일 수 있겠지. ……그 사람들이 좀 더 늦게, 우리 마을이 좀 더 형태를 갖춘 뒤에 왔다면 모든 사람을 받아들였을지 모르지만 지금은 시기가 나빠."

"응……."

"하지만 아마 이대로 엮이지 않고 끝나지는 않을 거야. 아무쪼록 우리가 피해를 안 보면 좋겠는데."

"응……."

서로를 위해서 이대로 엮이지 않는 편이 좋다.

──하지만 아마 엮이지 않을 수는 없을 것이다.

가이아스가 말한 대로 사람들은 아직 떠나지 않았고 어딘가로 가려고 하지도 않았다. 여전히 마을을 찾는 것 같았다.

◆

"젠장! 아직도 안 보이는 건가!"

"바로 근처에 있을 텐데……."

나무 위에 앉은 내 근처에서 어른들이 신경질적으로 말했다.

"그렇게 언성을 높여 봤자 소용없잖아?"

"그렇긴 하지만──."

어른들이 짜증 내는 이유는 그 신기한 소녀가 산다는 마을을 찾을 수 없기 때문이었다.

멧돼지처럼 생긴 마물로부터 우리를 구한 신기한 힘을 가진 소녀.

——나는 마치 특별한 신의 딸 같다고 생각했다.

우리는 미가 왕국에서 살고 있었다. 먼 옛날에는 미가 왕국의 중신이었다며 할아버지들이 자랑스레 말했었다. 하지만 지금의 미가 왕국에는 우리가 필요 없었다.

"꺼림칙한 민족들!"

그렇게 말하며 미가 왕국 사람들은 우리를 쫓아냈다.

노예가 되든가 도망치든가.

우리에게 남은 길은 그것뿐이었다. 그리고 우리는 도망치는 길을 택했다.

우리에게는 신의 딸이 있었다. 그러니 어디로 가든 문제없다고 어른들은 자신만만하게 말했다. 신의 딸은 신의 목소리를 듣고 신기한 힘을 가진 특별한 존재였다. 신의 딸이 있으니까 괜찮다는 희망을 품고서 사람의 손길이 닿지 않은 숲속으로 도망쳤다.

——하지만 이 숲은 결코 녹록지 않았고 생활할 만한 장소가 아니었다.

일단 마물이 많이 살았다. 미가 왕국에 살았을 때는 이렇게 많은 마물을 못 봤었다. 자연 속에서 사는 마물이 이렇게나 무섭다는 걸 알고 놀랐다.

다음으로 식량 문제가 생겼다. 마물을 사냥하면 그 고기를 먹을 수 있지만 그렇게 간단히 잡을 수 없었다. 그럼 식물을 먹으면 되지 않냐고 생각하겠지만 이 숲에는 독이 있는 식물도 많다. 몸에 해가 없는 식물만 골라서 모으는 신과 같은 일은 할 수 없었다.

안전한 장소를 찾아 도망치면서 우리는 점점 만신창이가 되었고 마음의 여유가 사라졌다. 미가 왕국을 뛰쳐나왔을 때는 새로운 생활에 대한 희망으로 가득 차 있었는데 지금은 다들 낯빛이 어두웠다.

그 신기한 소녀가 사는 마을은 우리에게 희망이었다.

이런 위험한 숲속에 마을을 만든 것도 놀라웠다. 꼭 같이 살고 싶었으나 저쪽은 우리와 엮일 마음이 없는 것 같았다. 나는 또 숲속을 이동해야 하는 건가 싶었지만 어른들은 이곳을 떠나겠다고 말해 놓고서 눌러앉을 생각인 듯했다.

……우리를 도와준 여자아이도 식량을 준 수인과 엘프도 기껏 배려했는데. 그들에게 한 말을 어기는 짓은 하기 싫었지만 어린아이인 내 의견은 통하지 않을 것이다.

어른들 중에도 나와 같은 의견인 사람이 있었으나 대다수가 그들과 공존하기를 바랐기에 결국 이 주변을 헤매게 되었다.

개중에는 그 아이의 마을을 빼앗아 식량과 주거지를 차지하자는 무서운 생각을 하는 사람도 있었다.

평범하게 살았을 때는 다들 상냥했는데……. 여유가 없어서 그런지 생각이 무서운 쪽으로 돌아가고 있었다.

"왜들 이렇게 소란스러워?"

연두색 머리 소녀—— 신의 딸이 어른들에게 말했다.

"신의 딸이여, 안쪽에 있어 다오."

"신의 딸은 그저 거기 있으면 돼."

신의 딸은 특별한 힘을 가졌다. 하지만 우리의 앞길을 정하는 것은 신의 딸이 아니라 어른들이었다.

신의 딸은 우리에게 절대적인 존재지만 지도자는 아니었다. 오히려 이런 말썽은 신의 딸이 모르게 했다. 신의 딸이 현재 상황을 똑바로 파악하고 신과 교신하면 어떻게든 해결이 될지도 모르지만 아무도 신의 딸에게 진짜 사정을 이야기하지 않았다. 신의 딸이 어른이었다면 좀 더 적극적으로 행동했을까.

나도 신의 딸도 어린아이였다.

신의 딸로 뽑히기 전에는 사이좋게 놀기도 했지만 지금 내게는 말을 걸 권한이 없었다.

"──어떻게 해서든 그 녀석들을 찾아야 해."

그렇게 말하는 어른들을 나는 어떻게도 할 수 없었다. 섣불리 의견을 꺼내면 나를 죽일 것 같았다.

──하늘을 올려다보고서 나를 구한 소녀를 계속 찾지 못했으면 좋겠다고 생각했다.

◆

"이 위험한 숲속에서 생활하는 자가 있다는 게 그 민족에게 희망이 된 것 같아."

프레네는 그렇게 말하며 모아 온 정보를 내게 알려 줬다.

"이 마을을 찾아서 협력하며 같이 살고 싶은 모양이야. 하지만 개중에는 물자와 마을을 뺏으려는 사람도 있는 것 같았어."

내가 부주의하게 이 숲속에서 살아갈 수 있다고 희망을 주고 말았다.

내가 좋은 마음으로 한 행동의 결과로 그 민족이 우리와 접촉하려고 했다. 어려운 문제였다.

그 사람들의 본성이 나쁘지는 않을 것이다. 그저 처한 상황 때문에 여유가 없는 거였다.

살던 곳에서 쫓겨나 마물이 판치는 숲속을 배회하다가 겨우 적대하지 않는 상대와 만났다. 상상해 보니 그런 상황에서 여유가 있는 게 더 이상했다.

"레룬다가 있었기에 우리는 그다지 마물과 만나지 않고 여기까지 왔고 지금도 평온하게 지내고 있어. 하지만―― 그 사람들은 아마 많이 습격받았을 거야. 동료가 많이 죽었을지도 모르고. 그래서 궁지에 몰린 게 아닐까?"

프레네는 그 사람들을 보고 그렇게 느낀 것 같았다.

동료가 자꾸만 줄어드는 상황 속에서 앞이 보이지 않는 길을 걷고 있었기에 그들은 필사적이었다. 나는―― 그 사람들을 돕고 싶다는 마음이 없진 않았다.

아니, 나뿐만 아니라 다들 그럴 거다. 다만…… 도와준 뒤에 이 마을이 어떻게 될지 모르기에 좀처럼 행동하지 못했다.

누군가가 슬퍼하는 것은 싫고 다 함께 웃는 게 좋다. ――하지만 눈앞에서 괴로워하는 사람과 슬퍼하는 사람을 모두 돕는 것은 어렵다는 걸 알았다.

나는 가이아스와 맹세한 이상향을 그저 멋지고 이루고 싶다고 공감했다. 그 목표가 훌륭해서 이루고 싶지만 그게 얼마나 어려운지 실감했다.

우리가 그 민족을 어떻게 할지, 어떻게 대할지 고민하는 사이에 문제가 하나 일어났다.

◆

마을의 수인 한 명이 그 민족에게 붙잡혔다.

그 보고를 들었을 때, 나는 '어째서'라는 생각이 들었다. 동구 씨가 외부 민족 사람이 주위를 돌아다니니까 혼자 마을 밖에 나가지 말라고 모두에게 말했었다. 수인들은 인간보다 신체 능력이 높고 엘프는 마법을 쓸 줄 아니까 혼자 행동하지 않는다면 문제는 일어나지 않을 거라고 했다. 그런데 어째서. 머릿속이 새하얘졌다.

"어째서, 그런 일이……?"

"……우리 몰래 접촉했던 것 같아. 로마는 처음 보는 인간에게 흥미를 보였으니까."

그러고 보니 붙잡힌 수인인 로마 씨는 마을 사람들끼리 의논할 때 낯빛이 좋지 않았었다. 어쩌면 그때부터 뭔가 생각했던 걸지도 모른다.

처음 보는 인간에게 흥미를 느끼고 접촉했다.

로마 씨는 지금까지 지시를 어긴 적이 없어서 놀랐다.

"이건 우리 잘못이기도 해……. 로마는 원래부터 예상치 못한 행동을 하는 구석이 있었어. 아토스가 죽고 도피 생활을 하고 엘프와 만나고 마물을 퇴치하고── 이 땅에 정착했어. 그동안 로마가 얌전해서 새로운 마을에서도 괜찮을 줄 알았지만 여유가 생겨서 또 예전 모습이 나온 거겠지. 우리도 괜찮을 거라며 방심하고 말았어."

동구 씨는 복잡한 표정을 짓고 있었다.

──지금까지는 우리 쪽에서 접촉을 피하면 됐다. 하지만 이번에는 로마 씨가 그 사람들과 접촉한 결과 붙잡혔다.

마을 상황이 좋아져서 주변을 둘러볼 여유가 생겼기에 로마 씨는 인간에게 관심을 가진 것이다.

"……어떻게, 할 거야?"

우리의 방침은 인간들과 접촉하지 않는 것이었다. 그들이 이대로 이곳을 떠나는 것이 서로를 위한 일이라고 생각했다. 하지만── 로마 씨가 붙잡혔으니 이대로 있을 수는 없었다.

"인간들은 로마를 내세워서 우리와 접촉하려고 하겠지. 이 마을을 생각하면 로마를 버리는 게 가장 좋아."

동구 씨는 그렇게 단언한 후 이어서 말했다.

"하지만 나도 레룬다를 나무랄 수 없을 만큼 물러 터졌어. 아직까지 로마를 버린다는 선택지는 없어. 다른 모두의 뜻도 그럴 거야. 무엇보다 우리의 목표는 모두 함께 웃을 수 있는 곳을 만드는 건데 그 '모두' 에 들어 있는 로마를 버리는 건 말도 안 돼. 그런 짓은 할 수 없어."

"……응."

우리의 꿈. 우리는 그 꿈을 좇고 있다.

꿈을 이루기 위해서도 로마 씨를 버리는 게 좋을지도 모른다. 하지만 나는 그러고 싶지 않았고 무엇보다 로마 씨를 버리면 나중에 꿈을 이루더라도 후회할 것이다. 그 마음은 다들 같았다.

어떻게 로마 씨를 구할지 의논하고 있으니 외부 민족이 대화를 제안했다. 붙잡힌 로마 씨가 걱정되어 마을 밖으로 나간 수인을 그들이 찾은 듯했다.

그 제안의 조건 중에 '맨 처음 만난 소녀를 대화 자리에 데려올 것'이 있었다. 즉, 나도 그 자리에 가야 했다.

로마 씨를 무사히 돌려받고 싶다면 몇 명만 데려오라고 했다. 그야 당연하겠지. 수인은 인간보다 신체 능력이 높고 엘프는 마법을 쓰니까 그들은 두려워하고 있을 것이다.

"나는, 가고 싶어."

교섭 멤버를 어떻게 짤 것이냐는 이야기가 나왔을 때, 가이아스가 같이 가고 싶다고 했다.

"가이아스, 위험할지도 몰라."

"그건 레룬다도 마찬가지잖아. 얼마나 도움이 될지 모르겠지만 나도 가고 싶어."

가이아스는 진지한 눈으로 나를 보았다. 뭐라고 하든 따라

올 것 같았다. 나만 그렇게 생각한 게 아니라 다들 그렇게 느낀 듯했다.

그런고로 가이아스도 교섭 자리에 가게 되었고 프레네도 데려가게 되었다.

그 외에는 엘프 측에서 한 명 데려가기로 했다. 엘프 마을에서 란 씨와 내게 방을 내줬던 웨타니 씨가 함께 가게 되었다. 로마 씨가 붙잡힌 이상, 적의가 없다는 걸 보여 주면서도 전력이 되는 멤버를 뽑아야 했기에 그렇게 되었다.

교섭하고 싶다고 말하는 것을 보면 다짜고짜 우리를 공격하지는 않을 것이다. 그렇다면 어떻게든 될 것이다. 아니, 어떻게든 해내겠다.

내가 그 사람들을 도우면서 시작된 일이었다. 내가 그때 돕지 않았다면 일이 이렇게 꼬이지 않았을 것이다. 내가──마을이 있다고 알려 주지 않았다면 이런 일은 벌어지지 않았다. 내가 초래한 일이니 내 손으로 어떻게든 매듭을 짓고 싶었다.

"란 씨, 나, 뭘 조심해야 해?"

"가장 중요한 건 붙잡히지 않는 거겠죠. 프레네도 같이 가니까 괜찮겠지만 조심하세요."

"응⋯⋯."

"무엇이 옳은지, 미래가 어떻게 될지는 아무도 몰라요. 레룬다가 생각하는 대로 움직이세요. 결과가 어떻든 그건 레룬다만의 책임이 아니라 우리가 같이 감당해야 할 책임이에요."

"응."

"계기를 만든 사람은 레룬다일지도 모르죠. 하지만 그 사람들은 어차피 이 근처에 있었고 언젠가 접촉했을 거예요. 이번에는 레룬다가 계기가 되었지만 누구나 계기가 될 수 있었어요. 레룬다가 전부 짊어지지 않아도 돼요. 그러니까 레룬다는 하고 싶은 대로 하세요. 물론 잘 생각하고 행동해야겠지만 레룬다가 선택한 길에 어떤 결과가 기다리든지 저희는 분명하게 받아들일 거예요. 레룬다가 잘못하면 꾸짖을 테니 하고 싶은 대로 해도 돼요."

란 씨는 그렇게 나를 격려했다. 교섭 자리에 가야 한다는 불안, 내가 초래한 일이니 힘내야 한다는 부담감, 그런 감정들 때문에 내가 힘들어한다는 걸 알았다.

"……나, 로마 씨를, 구할 거야."

"네."

"절대로, 죽게 하지 않을 거야."

아무도 잃고 싶지 않다. 아무도 죽게 하지 않겠다. 그건 어려운 일일지도 모르지만──.

"내 목표는, 그거야."

누군가가 사라지는 건 싫으니까.

두렵지만 내 행동에 책임을 지고 로마 씨를 구하겠다.

나는 그런 결의를 가슴에 품고서 가이아스, 웨타니 씨, 프레네와 함께 지정된 곳으로 향했다.

지정된 곳으로 가니 사람들이 주변을 경계하고 있었다.

내가 그들과 대면하는 것은 처음에 도와준 이후로 처음이었다. 그때는 다섯 명밖에 없었는데 이곳에는 그때보다 많은—— 열 명이 있었다. 다른 사람들은 오지 않은 것 같았다. 조금 야윈 사람도 많은 걸 보니 역시 제대로 먹지 못하는 듯했다.

그렇게 생각하니 동정심이 들었다. 하지만—— 불쌍하다고 안일하게 행동해서는 안 된다.

사람들은 우리가 확실하게 소수 인원으로 온 것에 안도한 모습이었다.

나는 로마 씨가 어디 있나 싶어서 찾아보았다. 두리번거리며 둘러보았지만 찾을 수 없었다.

"레룬다, 우선은 교섭이 먼저야."

프레네가 옆에서 말해서 일단 찾는 것을 멈추고 사람들과 마주했다. 대부분 나를 보고 있었다. 내가 인간이라서? 아니면 맨 처음 만난 사람이 나였기 때문일까. 모르겠다. 하지만 내게 관심이 있다면 그만큼 교섭하기 쉽지 않을까.

나는 주먹을 꽉 움켜쥐었지만 시선을 돌리지는 않았다.

그건 로마 씨를 반드시 구하겠다는 결의의 표명이기도 했다.

"——로마 씨는, 무사해?"

나는 먼저 입을 열었다.

"그건 그대들의 대답에 달렸어."

외부 민족의 수장일까. 이곳에 있는 누구보다도 얼굴 문신이 화려한 아저씨가 말했다.

"——우리를 너희 마을에서 살게 해 다오."

교섭 자리에서 무슨 말을 할지 불안하긴 했었다. 수장 아저씨가 꺼낸 말은 우리 마을에서 같이 살게 해 달라는 것이었다.

우리가 아무런 불편 없이 이 숲속에서 살아서 그 혜택을 함께 받고 싶은 걸지도 모른다. 이들도 살기 위해 필사적이었다.

——그렇기에 나온 요구였다. 하지만 바로 승낙할 만한 내용은 아니었다.

하지만 거절하면 로마 씨가 어떻게 될지 모른다. 이건 교섭이란 이름의 협박임을 실감했다. 나는 여기서 뭐라고 대답하는 것이 가장 좋을지 모르겠어서 침묵했다. ——아저씨는 다른 누구도 아닌 나한테 말했다.

"인질을 잡고서 제일 약해 보이는 레룬다와 교섭하겠다니 비겁해."

프레네가 옆에서 화를 냈다. 그 목소리는 지금 나한테만 들려서 다른 사람은 반응하지 않았다. 확실히 비겁할지도 모른다. 그리폰을 데려오지 말고 나를 포함한 몇 명만 오라며 조건을 붙여 교섭 자리를 마련하고 심지어 인질까지 잡았다. 하지만 그건 이들이 만신창이가 됐다는 증거였다.

"이렇게 약해 보이는 녀석들은 붙잡거나 죽여 버리면 돼!!"

아직 젊은 축에 드는 남자들이 그렇게 외쳤다. 다른 사람들이 "안 돼! 도와준 사람한테 어떻게 그래." 하고 필사적으로 그들을 말렸다.

아, 저 아이, 내가 살린 아이다. 말리는 사람 중에 내가 살린 남자아이도 있었다.

"그렇게 입바른 소리 해 봤자 우리는 이미 인질을 잡았어! 몇 명을 붙잡든 똑같잖아!!"

"맞아! 남을 신경 쓸 때야?"

제지당하는 남자들이 그렇게 외쳤다.

나와 직접 이야기 중인 아저씨는 복잡한 표정을 짓고 있었다. 그들도 인질을 잡고 싶어서 잡은 게 아니었다.

우리 마을은 그 민족과 안 엮이는 게 가장 나은 선택이라고 판단했다. 그건 극단적인 선택이었다. 이들을 멀리하려고 했다.

관여하지 않는 것이 제일이었다.

하지만 내가 관여한 결과가 이것이다.

그러나 돕지 말았어야 했다는 생각은 들지 않았다.

돕지 않았다면 이들은 하나뿐인 목숨을 잃었을 테고 이렇게 이야기할 수도 없었다.

일단 살아 있으면 어떻게든 된다. 죽으면 그걸로 끝이다. 죽은 사람과는 두 번 다시 만날 수 없고 대화할 수 없다.

──그렇다면 나는 어떻게 해야 했을까.

생각이 뒤엉켰다. 무엇이 옳고 마을에 가장 좋은 선택이었을까. 어려운 문제였다.

"……나를 붙잡거나, 죽이는 거, 무리야. 나, 반격해."

수인 마을에서 살게 된 초창기였다면 내가 큰일을 겪는 건 상관없다면서 나를 희생하는 선택을 했을지도 모른다.

──하지만 그 선택지는 이제 없었다.

나는 나 자신도 포함하여 모두가 무사한 선택을 하고 싶다.

"반격이라니, 너희가 뭘 할 수 있다고."

"프레네."

만류하는 자들을 뿌리치고서 우리에게 달려들려는 남자를 보고 프레네를 불렀다. 가이아스와 웨타니 씨도 몸을 긴장시켰지만 그보다 빨리 알려 주는 게 좋겠다고 생각했다.

그리고 프레네라면 상대를 과하게 다치게 하지 않고 어떻게든 할 것 같았다. 프레네는 곧장 움직였다.

마력이 꿈틀거림과 함께 바람이 불었다. 바람이 정확히 우리를 공격하려고 한 사람들만 때렸다. 프레네의 마력 조작은 대단했다. 내가 했다면 다른 사람들도 맞혔을 것 같은데. 정령은 정말로 굉장했다.

"나, 마음만 먹으면 언제든 당신들을, 어떻게 할 수 있어."

──그러니까 덤비지 말아 줘. 그런 마음을 담아 말했다.

"나, 당신들과 적대하고 싶지 않아. 당신들의 바람, 전면적으로 들어줄 수는 없어. 하지만 당신들과 줄곧 엮이지 않고 사는 게 무리인 거, 알아. 그러니까, 당신들과 함께 걸어가게 힘낼 거야. 내 대답, 이걸로는 안 될까?"

열심히 생각하고 말을 자아냈다.

로마 씨가 인질로 잡힌 것은 분명했다. 하지만 그렇다고 원하는 걸 전부 들어주는 태도를 보여서는 안 된다.

그리고 우리를 공격하려던 사람들이 있었지만 그걸 막으려는 사람도 있었다. 그걸 보면 천성이 나쁜 사람들은 아닌 것 같았다. 그리고 우리를 붙잡으려는 사람들도 상황이 절박해서 그런 선택을 했을 것이다.

"그건…… 구체적으로 어떻게 하겠다는 거지?"

"아직, 모르겠어. 나 혼자 정할 수 있는 일도 아니야. 하지만 당신들에게 해가 되는 일은 절대로 안 해. 물론…… 로마 씨가 무사한 게 조건이지만. 우리, 당신들과 엮이지 않으려고 했어. 하지만 함께 걷는 길을 찾을 거야."

이 사람들을 버리고 싶은 건 아니었고 해치울 생각도 없었다.

──그렇다면 양측이 타협할 수 있는 길을 찾고 싶었다. 찾을 수 있을지 모르겠지만 찾고 싶다.

마을에서 같이 살 수는 없지만 타협할 수는 있다.

"알겠다."

내 말에 아저씨는 고개를 끄덕였다.

◆

신기한 민족 사람들은 마을 근처에 살게 되었고 적잖이 교류하기로 했다. 그것이 우리가 낸 결론이었다.

동구 씨, 시레바 씨, 란 씨와도 이야기하여 그들과 관계를 맺기로 했다. 로마 씨가 붙잡히지 않았더라도 어차피 마을 주변에 산다면 엮이지 않고 지낼 수는 없었다. 그래서 마을 전체가 이 타협을 인정했다.

근처에 사는 것을 허락하고 거점을 만들 곳을 함께 정했다.

그리고 거점 만드는 것을 일부 돕기도 했다.

신기하게도 마을 근처에 살게 된 이들은 여전히 우리 마을에 오려고 해도 도달하지 못하는 것 같았다. 란 씨는 내 덕분이라고 재차 말했다. 내가 조금이나마 마을에 도움이 된다면 기쁜 일이다.

사람들은 바로 로마 씨를 돌려보냈다.

로마 씨가 돌아오고 나서 알았는데, 로마 씨는 직접 인질이 되겠다고 말한 모양이었다. 로마 씨는 우리의 눈을 피해 신기한 민족과 친하게 지냈다. 그리고 그들을 동정하여 돕고 싶다고 생각한 듯했다.

로마 씨는…… 인질이 된 것에도 나쁜 뜻은 없었는지 "먹을 게 많은데 왜 안 나눠 줘?"라는 식으로 말했다.

다른 사람들은 고뇌하는 얼굴로 로마 씨에게 벌을 줬다. 제대로 일러두지 않으면 로마 씨가 또 스스로 인질이 될지도 모른다.

하지만 로마 씨는 벌을 줘도 인간에 애착이 생겼는지 그들을 돕고 싶다는 마음을 주체하지 못하는 것 같았다.

──여유가 있어서 그런 생각을 하는 것이었다. 우리도 언제 상황이 나빠질지 모른다. 하지만 지금은 잘 풀리니까 로마 씨처럼 행동하는 사람이 나온다고 했다.

그러고 보니 그 민족 사람들은 우리에게 다양한 생각을 가진 것 같았다. 우리 도움을 받아 고마워하는 사람, 전혀 고마워하지 않고 우리한테서 마을을 뺏으려는 사람, 어쨌든 안전하게 지내고 싶다며 교섭에 긍정적인 사람.

적대하지 않기로 한 사람들이 우리를 인질로 잡아야 한다고 무서운 말을 했던 남자들을 확실하게 감시하겠다고 선언했다. 무서운 발언을 했던 그 남자들이 프레네가 말했던 우리 마을을 뺏으면 된다고 생각하는 사람들인 것 같았다. 그 민족도 의견이 통일되지는 않았다. 사람이 많으면 그만큼 여러 사고방식을 가진 사람이 나온다.

원래 그런 법이다.

모두 사이좋게 지내는 게 가장 좋지만 그렇게 간단한 일은 아니었다. 우리의 소중한 장소를 지키려면 모두를 포용할 수는 없었다. 그렇게 생각하면 나는 무력했다.

"로마가 또 이런 문제를 일으키면 마을을 위해서도 내쳐야 할지 몰라. 물론 다 함께 우리의 목표를 이루고 싶지만── 원치 않는데 붙잡히는 거면 몰라도 직접 나서서 귀찮은 일을 일으키고 그자들에게 간다면 우리도 감쌀 수 없어."

"그건……."

오샤시오 씨의 말은 슬펐지만 어쩔 수 없는 일이었다. 로마 씨를 내버려 두면 모처럼 안정된 마을 전체를 포기해야 할지도 모른다.

"그 민족이 근처에 사는데 이대로 여기에 살아도 되나? 안전을 위해 다른 곳으로 이동할까?"

그런 의견도 나왔다.

"정령수를 심었는데 어딜 간다는 거야."

하지만 그 의견은 엘프에게 기각당했다.

그러니 마을을 지키기 위해 로마 씨를 추방하더라도 그건 어쩔 수 없는 일이다. ——머리로는 납득했다.

"정도라는 게 있어. 다음에 또 이렇게 문제를 일으키면 어쩔 도리가 없어."

"응……."

나는 오샤시오 씨의 말에 고개를 끄덕였다. 옆에는 할머님도 있었다.

"로마가 그 민족을 택한다면 우리가 할 수 있는 일은 없지."

로마 씨를 예뻐하는 할머님도 그렇게 말했다.

"우리와 로마는 같은 마을에서 지낸 동료야. 하지만 사람은 저마다 생각하는 방식도 느끼는 방식도 다르단다. 그래서 우리가 아무리 로마가 저쪽으로 가지 않길 바라도, 로마가 가기로 했다면 어떻게 할 수 없어."

내가 슬퍼하는 것을 알았는지 할머님은 그렇게 말하며 내 머리를 쓰다듬었다.

"응……."

"하지만 말을 건넬 수는 있지. 우리도 로마가 납득하게 설득할 거란다."

그랬다. 다들 로마 씨를 포기한 것은 아니었다. 오샤시오 씨도 할머님도 나보다 로마 씨와 훨씬 오랜 시간을 함께 보냈다.

두 사람은 나보다 훨씬 더 로마 씨를 포기하고 싶지 않을 것이다. 포기하고 싶지 않아서—— 로마 씨와 이야기하려고 했다.

하지만 로마 씨는── 외부 민족과 친해져서 그 사람들이 소중해졌다. 소중한 존재가 늘어나서 그 사람들도 돕고 싶다고 생각하게 됐다.

나도 로마 씨가 마음을 돌렸으면 해서 시포를 데리고 로마 씨에게 갔다.

광장에 부루퉁한 얼굴을 한 로마 씨와 그런 로마 씨를 걱정스럽게 지켜보는 마을 사람들이 있었다.

그런 상황에서 나는 로마 씨에게 말을 걸었다.

"있지, 로마 씨. 나도 그렇고 다들 걱정해. 로마 씨가, 무사해서 안심했어. 그러니까 그 민족 사람들에 관해서는, 다 같이 차분하게 생각하자."

나는 로마 씨가 걱정됐다. 로마 씨가 소중하기에 이해했으면 했다. 말하지 않으면 전해지지 않을 거라고 생각해서 꺼낸 말이었다.

하지만 돌아온 것은 어이없어하는 차가운 눈길이었다.

몸이 움찔했다. 그런 내게 로마 씨가 말했다.

"레룬다는 굶어 죽을 뻔한 적이 없어서 몰라!"

"그건⋯⋯."

"레룬다는 신녀라서 위험한 일도 별로 겪지 않았겠지. 그러니 내 기분도 그 녀석들의 기분도 모를 거야. 나도 그 녀석들을 도우면 이곳이 위험해질 수도 있다는 건 알아. 하지만 나는 ── 비슷하게 고생했기에 그 녀석들을 내버려 둘 수 없어."

나는 깨달았다.

나는 죽겠다 싶을 만큼 굶은 적이 없었고 언제나 우연히 먹을 것을 찾았다.

나는 진정한 의미에서 목숨이 위험했던 적이 없었다.

──이러니저러니 해도 나는 항상 무사했다.

누군가에게 맞거나 걷어차이는 그런 육체적인 고통도 받은 적이 없었다.

하지만 수인들은 기근이 들었을 때 정말로 굶주리고 뭔가 위험한 일을 겪기도 했을 것이다. 마물과 싸우고 다치기도 했을 것이다. 하지만── 나는 그 무엇도 경험한 적이 없었다.

그렇기에 내 말이 로마 씨에게 안 전해진다는 것을 깨달았다.

아무리 열심히 말해도 나는 결국 그 민족이 어떻게 힘든지 이해하지 못한다. 어떤 상태인지 머리로는 알아도 공감하지는 못한다. 경험하지 않으면 그 아픔은 모른다.

──나는 다른 사람들과 다르기에 지금까지 살아올 수 있었다. 하지만 다른 사람들과 다르기에 괴로웠다. 나는 그 괴로움을 누군가와 공유할 수 없었다.

로마 씨의 말에 충격받아 굳은 나를 내버려 두고 로마 씨는 다른 곳으로 가 버렸다.

◆

얼마 후, 로마 씨가 마을에서 사라졌다고 들었다. 아마 그 민족 사람들에게 갔을 것이다.

결국 내 말도 다른 모두의 말도 로마 씨에게 전해지지 않았다. 로마 씨는 납득하지 않았다.

"외부 민족의 거점에서 유혈 사태가 벌어졌어."

로마 씨가 떠나고 몇 주가 지났을 때, 그 민족의 거주지에서 유혈 사태가 일어났다.

유혈 사태가 일어났다는 말을 듣고 머릿속이 새하얘졌다. 나는 직접 보지 않았기에 실제로 무슨 일이 일어났는지는 몰랐다. 당장 뛰쳐나가고 싶었지만 위험하니까 현장에는 가지 말라고 했고 마을에 폐를 끼치게 되니까 참았다.

로마 씨는 괜찮을까.

유혈 사태가 일어났다니 어떻게 된 걸까. 불안이 커졌다.

──내 말이 로마 씨에게 더 잘 전달됐다면 로마 씨가 마을을 나갈 일도 없었을까. 내게 좀 더 설득력이 있었다면, 로마 씨를 납득시켰다면.

"내가…… 다른 말을 건넸다면…… 괜찮았을까."

나는 신녀일지도 모르지만 로마 씨의 마음을 돌릴 만한 힘이 없었다. 신기한 힘을 가졌어도 로마 씨를 붙잡지 못했다.

그렇게 생각하는 바를 툭 흘리자 프레네와 시포가 내 곁으로 와서 말했다.

"그건 틀렸어, 레룬다. 다른 사람의 말도 안 전해졌으니까."

"히히힝~(자책하지 않아도 돼)."

프레네는 그렇게 말하고 내 어깨에 올라와 머리를 쓰다듬었다. 시포는 나를 위로하듯 코끝을 갖다 댔다.

"히히히힝, 히히힝~(누가 설득하든 막지 못했을 거야)."

시포가 그렇게 말했다.

누가 설득해도 로마 씨를 막지 못했을지 모른다. 하지만——좀 더 잘 대처했다면 로마 씨는 그 민족에게 가지 않았을지도 모른다.

나는 모두와 다른 부분이 많지만 지금까지는 그래서 괴롭다고 생각한 적이 별로 없었다.

고향에서 살 때는 다른 사람들에게 그다지 관심이 없었다.

수인 마을에 도달하고 엘프들과 만난 뒤에도 모두가 상냥해서 그들과 달라 괴롭다고 느낀 적은 없었다.

하지만 지금은 괴로웠다.

"모두와…… 달라서 괴로워."

하지만 모두와 다른 부분이 없었다면 나는 진작 굶어 죽었을 것이다. 고향에서 누구의 도움도 못 받고 혼자 죽었을 것이다.

모두와 만나지 못하고 행복이나 괴로움도 모른 채.

그리고 내가 신기한 힘을 가져서 다들 평온하게 지낸다고 말했다. 그런 다른 부분이 없었다면 다들 죽었을지도 모른다고 했다.

그렇게 생각하면 신녀인지 아닌지와는 별개로 내게 모두와 다른 힘이 있는 것은 기쁜 일이었다. ——하지만 모두와 다르다는 걸 강하게 실감해서 뭐라 말할 수 없는 괴로움이 가슴을 때렸다.

"사람과 관계를 맺는 건, 힘든 일이네."

고향에서는 이렇게 힘들다고 느끼지 않았다. 나는 그저 살아 있을 뿐이었고 누군가를 소중히 여기지도 않았다. 하지만 지금은 다른 사람과 마주하고 어울려 살아가는 것은 힘든 일이라고 새삼 실감했다. 여러 생각을 가진 사람들이 있어서. 내 소원은 모두가 사이좋게 지내는 것과 모두가 안심할 수 있는 곳을 만드는 것이지만 그건 어려운 일이었다.

──함께 웃던 사람과 더는 못 웃게 되기도 한다. 아무리 말을 건네도 함께 걷지 못하기도 한다.

나는 그것을 실감했다.

로마 씨와 그 민족이 사는 곳에서 무슨 일이 일어났는지 불안해서 나는 시포에게 몸을 기댔다. 많이 불안했다. 다만 로마 씨는 이제 돌아오지 않으리라는 예감이 들었다.

──그리고 그 예감은 들어맞았다.

◆

"로마, 이쪽이야."

나는 제지한 레룬다를 뿌리치고 외부 민족이 사는 데로 왔다.

동구 씨도 부모님도 그 민족은 위험하다고 안정된 마을에 나쁜 영향을 끼칠 거라고 했다. 나도 그건 잘 알았다.

다 같이 안식처를 찾자고 맹세하고 마침내 발견했다. 다 함께 맨 처음부터 마을을 만드는 나날은 알차고 충실했다.

나는 같은 수인인 모두를 소중히 여겼지만 다른 사람들처럼 곤경에 처한 사람을 내버려 둘 수 없었다. 그렇다고 마을 전체를 끌어들일 수도 없어서 혼자 이곳에 왔다.

"로마, 이거 맛있어."

"로마, 고마워."

마을에서 가져온 음식을 주자 그 민족은 기뻐하며 이제 굶어 죽지 않을 거라며 좋아했다.

그리고 나는 수인 마을에서도 힘쓰는 일을 잘하는 편이었기에 인간밖에 없는 이 마을에서 크게 도움이 됐다.

고맙다는 말이 기뻤다. 이대로 죽을 것처럼 쇠약했던 사람들이 내가 사냥한 것을 먹고 기뻐하는 걸 보고 앞으로 이 사람들을 구할 수 있을 것 같아서 기뻤다.

다들 아주 상냥했다. 물론 나를 인질로 잡기도 했었지만 그건 어디까지나 여유가 없었기 때문이다. 내가 그들과 같은 입장이었다면 어떻게든 동료를 지키기 위해 수단을 가리지 않았을 것이다.

인질로 잡힌 동안에도 그들은 내게 몹쓸 짓을 하지 않았다. 그저 동료를 지키고 싶은 거다.

그러니 언젠가…… 뭔가 계기가 있다면 수인과 이 민족 사람들도 서로를 이해할 것이다.

"맛있어?"

"응. 고마워, 로마 형."

이곳에서 함께 웃는 나와 이 민족의 아이처럼.

나는 그런 미래를 꿈꿨다──.

하지만 현실은 그렇게 녹록하지 않았다.

"로마 형…… 제대로 안 자랐어."

마을에서 가져온 씨앗은 잘 자라지 않았다. 나는 힘쓰는 일만 하고 밭일은 거의 하지 않았기에 재배하는 법은 자세히 몰랐다. 하지만 마을에서는 특별히 뭔가를 하지 않아도 쑥쑥 자라는 것 같았다. 그래서 여기서도 간단히 자랄 거라고 쉽게 생각했었다.

"다음번에 다시 힘내자."

처음에는 그런 말로 넘어갔다.

하지만 계속 실패가 거듭됐다.

"어째서."

"왜 이렇게나 실패하는 거야."

사람들의 얼굴에서 웃음이 사라졌다.

어째서 안 자라는지 나는 몰랐다. 이곳과 마을은 조금 떨어져 있을 뿐이다. 토지의 성질도 거의 다르지 않을 것이다. 그렇다면 무엇이 다른가. 그렇게 생각했을 때── 한 소녀가 머릿속을 스쳤다.

신녀라는 아이── 레룬다.

레룬다는 굶어 죽을 뻔한 적이 없다고 했다. 마을 전체가 그

은혜를 받았던 걸까. 나는 신녀의 힘을 안다고 생각했지만 제대로 몰랐던 것이다.

──레룬다의 힘이 나를 지켰었다. 그렇게 자각한 순간, 뭐라 말할 수 없는 기분이 들었다.

나는 레룬다에게 심한 말을 했다. 레룬다는 굶어 죽을 뻔한 적이 없으니까 우리의 기분을 모른다고 내뱉었다. 그렇게 그 아이를 뿌리치고 이곳에 왔다.

나는 그 민족 사람들의 괴로움에 공감하여 잘 지낼 거라고 자신했다. 아토스 씨가 죽고 살던 곳에서 쫓겨나 도망치는 등 많은 일이 있었다. 그러면서 나도 성장하여 한 사람 몫을 하게 됐다고 생각했다.

──하지만 내가 잘해냈다고 생각한 모든 일에 레룬다가 영향을 미쳤을지도 모른다. 란드노 씨가 그렇게 신녀가 특별하다고 했는데 나는 그 힘을 과소평가하고 있었다.

"어이, 로마! 일부러 안 좋은 씨앗을 가져온 건 아니겠지?"

"로마! 먹을 걸 전혀 찾을 수 없잖아!"

레룬다가 있는 마을과 같은 평온한 생활이 이곳에서도 가능할 줄 알았다. 그래서 나는 마을에서 지냈을 때의 감각으로 조언했다.

하지만 작물은 자라지 않았고 먹을 것을 찾으러 가도 발견하지 못했다. 전부 잘 안 풀렸다.

얼마 전까지 상냥하게 웃었던 사람이 내게 고함쳤다.

내 조언이 전혀 도움이 되지 않아서 사과할 수밖에 없었다.

성의를 담아 사과하면 다시 웃어 줄 거다. 계속 시도하면 괜찮을 거다. 그렇게 믿었다──.

하지만 상황은 나빠지기만 했다.

마을에서 살 때는 마물을 보지 못했던 곳에서 그 민족 사람이 마물에게 공격받았다.

"거기에는 마물이 거의 없다고 했잖아!"

고함이 울렸다. 수인 마을에서도 이렇게 비난받은 적은 없었다.

어째야 좋을지 모르겠다. 동구 씨라면 도와줄까. 하지만──제지하는 사람들을 뿌리치고 이곳에 온 내가 이제 와서 돌아가도 될까. 아니, 나는 내 의지로 마을을 나왔다. 그러니까──부정적인 이유로는 돌아갈 수 없다. 다시 만날 때는 다 같이 함께 웃을 수 있게 가슴을 펴고 당당히 웃고 싶었다.

"로마 형, 괜찮아?"

"웬만하면 혼자 있지 마. 그 녀석들이 널 노릴지도 몰라."

친해진 사람들이 걱정하며 내게 말했다.

처음 왔을 때는 내가 가져온 씨앗과 내가 사냥한 마물을 보고 잘했다고, 고맙다고 말했던 일부 사람이 내게 냉담한 눈길을 보냈기 때문이다.

──마을에서 뺏어 오자는 무서운 생각을 가진 녀석들이었다. 그들도 내가 처음 왔을 때는 웃어 줬는데.

내가 열매를 조금 따 오거나 마물을 사냥하는 것 정도로는 납득하지 않았다. 그들은 내가 왔으니 생활이 더 나아질 거라고 믿었던 모양이다.

나는 그들이 다시 웃어 줄 거라고 믿었다. 이런 살벌한 나날이 아니라 좀 더 즐겁게 보내는 나날이 언젠가 올 거라고 믿었다.

"지금까지 미안했어. 잠깐 얘기하지 않을래?"

그 말을 들었을 때, 내 마음이 전해졌다고, 이제 잘 풀릴 거라고 생각했다.

하지만…….

"너 따위는……!"

내가 마지막으로 본 것은 단검을 휘두르는 남자들의 모습이었다.

◆

유혈 사태가 일어났다고 해서 상황을 살피던 고양이 수인에게 들은 이야기다.

로마 씨는 신기한 민족과 친해져서 그들 곁으로 갔고 함께 웃으며 지냈다고 한다.

우리가 사는 마을에서는 작물이 순조롭게 자랐고, 먹을 것을 찾으러 나가면 금방 발견했고, 해치울 수 있는 수준의 마물만 만나는 등 문제없이 지냈지만, 그 민족이 사는 곳은 그렇지 않았다.

로마 씨는 굶주림을 면하기 위해 우리 마을에서 씨앗을 가져가 심었다는 모양이다. 하지만 잘 자라지 않았다고 한다. 근처에 살고 있으니 비슷한 환경일 텐데 우리 마을에서는 자라도 그 민족이 사는 곳에서는 자라지 않았다.

우리 마을에서는 작물이 잘 자라는 것도 반드시 먹을 것을 찾는 것도 해치울 수 있는 수준의 마물을 만나는 것도 당연했지만 그 민족이 사는 곳에서는 그렇지 않았다.

나는 서로 그렇게나 다르다는 것에 놀랐는데 같이 이야기를 들은 란 씨는 "레룬다가 있는 것과 없는 것은 역시 다르군요……." 하고 말했다.

그 민족 사람들은 잘 굴러가는 마을에서 사람이 왔으니 이제 자신들의 상황도 나아질 거라고 생각한 모양이지만 하는 일마다 잘 안 되었다.

교섭 자리에서 우리를 붙잡으려던 남자들이 그 상황을 더는 참지 못하고 이딴 쓸모없는 놈은 필요 없다며 로마 씨를 죽였다고 한다.

그리고── 로마 씨를 죽인 사람들은 우리에게 호의적인 사람들에게 죽었다. ……지금 그 민족 사람들은 로마 씨가 죽은 것에 일이 이렇게 되어서 미안하다며 필사적으로 사과했다.

처음 그 이야기를 들었을 때는 실감이 안 났다. 그저 로마 씨가 죽었다는 것이 충격적이었다.

앞으로 이 민족을 어떻게 할지 어른들이 이야기를 나눴지만 내 머릿속에는 들어오지 않았다.

막간 왕녀와 깨어나는 언니 / 교육 담당의 기록 3

나는 침대에 누워 있는 소녀를 바라봤다.

앨리스.

신녀로 여겨졌던 소녀를 이렇게 가까이서 보는 것은 약 2년 만이었다. 2년 전에 만났을 때보다도 아름다웠다.

오라버니들과 이야기한 후, 앨리스가 진짜 신녀가 아닐 수도 있지 않냐고 대신전 측을 추궁했다. 대신전 측은 신녀를 잘못 데려왔다고 자백했다. 아마 앨리스의 쌍둥이 동생이 신녀였을 것이고 그 동생이 신녀일 리 없다는 부모의 판단하에 그 아이는 버려졌다고 했다. 아이를 버렸다는 것만으로도 역겨운 이야기였다.

아이를 버린 걸 숨기고서 유유자적 지낸 부모에게 뭐라 표현할 수 없는 기분이 들었다.

대신전 측은 백성에게 신녀가 가짜라고 공표했다. 대신전 측도 가짜 신녀를 만든 것에 대해 생각하는 바가 많았을 것이다.

그렇게 대신전이 폭로한 후 3왕자를 추궁하자 3왕자는 당황해서 아바마마가 죽은 원인을 자기 입으로 말했다고 한다. 나는 그 자리에 없었기에 전해 들은 이야기지만, 3왕자 세력이 아바마마를 암살한 것이었다. 그 사실도 밝혀져서 표면적으로 3왕자 세력을 지지하는 자는 급속히 줄어들었고 3왕자 본인도 체포되었다.

　──다만 신녀로 여겨졌던 앨리스에 관해서는 다양한 의견이 있었다. 나는 앨리스를 살려야 한다고 주장했다. 앨리스는 아직 아홉 살 소녀일 뿐이었다. 그리고 아마 지금까지 자란 환경 때문에 이렇게 된 것이고 그저 휘말렸을 뿐이었다.

　앨리스가 깨어나면 나는 현실을 알려 주기로 했다. 이제 앨리스를 지키는 자는 주위에 없으니까. 앨리스가 가짜 신녀라는 걸 알자 시중들던 이들은 다 떠났다.

　'신녀'라는 보배로운 존재로 여겼기에 앨리스 주위에는 많은 사람이 있었다. 신녀인 줄 알고 무슨 말이든 들었다.

　신녀라는 가치를 잃은 앨리스가 앞으로 받을 시선은 혹독하다. 그런 가운데 앨리스가 앞을 보고 살아가고자 한다면 나는 돕고 싶었다.

　이 나라는 여전히 불안정했다. 진짜 신녀가 있었는데도 불구하고 착각해서 잃어버렸다는 사실은 변하지 않는다. 그리고 왕위 다툼은 일단 수습되었지만 왕이 죽은 영향은 컸다. 게다가 신녀가 가짜라는 걸 알고 국민이 동요했다.

　문제가 많이 남아 있는 가운데 내가 무엇을 할 수 있을지 모르겠다. 하지만 최대한 내가 할 수 있는 일을 하고 싶다.

　그렇게 생각하며 의자에 앉아 있으니 "으응." 하는 소리가 들렸다. 그와 동시에 앨리스가 눈을 떴다.

"여긴……."

깨어난 앨리스는 침대에서 몸을 일으켜 주위를 둘러보았다. 뭔가 예전에 만났을 때와 분위기가 다른 것 같았다.

역시 앨리스도 이런저런 일을 겪으면서 심경 변화가 있었던 걸까.

"너는——."

그리고 이어서 나를 보더니 의아해했다. 나를 기억하지 못하는지도 모른다. 그럴 만도 했다. 나와 앨리스는 딱 한 번 만났으니까.

"나는 니나에프 페어리야. 페어리트로프 왕국의 5왕녀지. 너와는 두 번째로 만나는 거야."

"왕녀……."

앨리스는 역시 이전과 달랐고 소리를 질러 대지 않았다.

나는 그 모습에서 한 가지를 예감하고 물었다.

"너는…… 혹시 네가 신녀가 아닌 걸 알아?"

"역시…… 그래?"

앨리스는 '역시'라고 말했다. 새사람이 되기라도 한 것처럼 놀랍도록 침착한 태도였다.

"그래. 너는 아마도 신녀가 아니야. 착각해서 신녀로 보호하다니 네게 미안한 짓을 했어."

나는 계속 말했다.

"너는 신녀가 아닌데 신녀라고 발표되었어. 네가 멋대로 군 탓에 너를 엄벌해야 한다는 의견도 적지 않아. 하지만 나는——

너보다도 잘못 데려온 우리에게 과실이 있다고 생각해. 그리고 너는 아직 어린아이야. 그래서 네가 앞으로 나아가기를 바란다면 돕고 싶어."

"응⋯⋯."

앨리스는 생각이 정리되지 않는지 그저 내 말에 고개를 끄덕였다. 그 나이에 걸맞은 태도였다. 이렇게 아이다운 앨리스를 보는 것은 처음이었다.

본인이 신녀가 아니고 특별하지 않다는 걸 알아서 정말로 다행이었다. 신녀가 아니라는 걸 이해하지 못했다면 여러모로 큰일이었을 것이다.

그 후 나는 아마도 신녀일 앨리스의 쌍둥이 동생 이야기를 했다.

"그리고⋯⋯ 아마 신녀는 네 쌍둥이 동생일 텐데."

"동생?"

앨리스는 이상하다는 표정을 지었다. 동생이 있는 줄도 모르는 듯한 말투였다. 설마 가족인데 동생이 있다는 걸 모를 수도 있을까.

"그래. 너한테 동생이 있을 거야. 동갑인 갈색 머리 소녀라고 했는데 짚이는 사람 없어?"

"고것을 말하는 거야?"

앨리스는 놀란 얼굴로 말했다.

"고것?"

"응. 엄마랑 아빠가 고것이라고 부르던 애. 우리 집에 있었고 나는 가끔 모습을 볼 뿐이었어. 엄마도 아빠도 고것을 내게 접근시키려고 안 했어. 고것은 나와 정반대인 생활을 했어. 고것이…… 내 동생? 가족?"

앨리스는 매우 놀란 모습이었다. 나도 놀랐다.

앨리스와 신녀님. 두 사람의 부모는 앨리스가 동생이 있는 줄 모를 만한 태도를 보인 듯했다.

쌍둥이고 가족인데도.

앨리스는 신녀와 그다지 엮인 적이 없다는 말투였고 그 아이가 신녀라는 것보다 동생이고 가족이라는 것에 놀라고 있었다.

"그래. 이름은—— 레룬다라는 것 같아. 대신전 사람이 너희 부모에게 들었다고 해."

"레룬다……. 고것이 그런 이름이었구나."

"그래. 그리고 그 애가 아마 신녀라고 불리는 존재일 거야."

"레룬다…… 내 동생. 쌍둥이 동생……. 고것이 내 가족. 그리고 신녀……."

앨리스는 확인하듯 그 사실을 되뇌었다.

◆

『신녀에 관한 기록』

기록자 : 란드노 스토파

우리는 새로운 땅에 도착하여 새로운 생활을 시작했다. 작

물도 잘 자라고 마물의 위협도 없었다. 도중에 아무도 죽지 않은 것은 일종의 기적이라고 할 수 있었다.

그래서 나는 역시 레룬다가 신녀라고 확신했다.

레룬다는 현재 그리폰과 스카이호스에 더해 바람의 정령과도 계약했다.

그리고 '신녀의 기사'라 불리는 축복을 두 번이나 일으켰다.

하나는 그리폰 레이마에게.

다른 하나는 수인 소년 가이아스에게.

가이아스는 귀와 꼬리 색이 갈색에서 은색으로 변했다. 그리고 마력을 잘 느끼게 됐다고 들었다.

하지만 아마 그게 전부는 아닐 것이다. 가이아스가 어떻게 변화하는지도 기록해 나가야 한다.

'신녀의 기사'가 어떤 조건으로 축복을 받고 축복받은 존재가 어떻게 변화하는가는 신녀 연구자로서 흥미로운 부분이다.

다만 신녀가 무한하게 축복해서 '신녀의 기사'를 만들지 못한다는 것은 연구로 밝혀진 사실이다. 언젠가 레룬다가 축복 때문에 슬퍼할 일이 일어나지 않았으면 좋겠다. 레룬다를 적대할지도 모르는 자에게는 축복을 못 주는 방식이라면 문제 없겠지만 조금 걱정된다.

어떤 민족과 엮이고 늑대 수인 로마 씨가 죽었다. 그 민족도 미가 왕국에서 쫓겨났다는 것 같은데 역시 다른 종족이 함께 지내는 건 어려운 일이다.

　수인들과 레룬다가 친해진 것은 그리폰과 계약했기 때문이었고, 엘프와 레룬다가 친해진 것은 정령 때문이었다.

　하지만 그 민족과는 깊은 연결 고리가 없었다.

　그리폰처럼 레룬다를 바로 사랑하게 되는 자와 외부 민족처럼 레룬다에게 바로 마음을 허락하지 않는 자. 이 둘의 차이는 뭘까. 그것도 레룬다가 어떤 신에게 사랑받는지와 관련이 있는 걸까.

　레룬다는 앞으로 어떻게 될까. 어떤 인생을 살까.

　새로운 마을을 만들기는 했지만 이곳은 아직 안전하다고 할 수 없다. 이대로 별 탈 없이 레룬다의 목표가 이루어질 가능성은 희박하다. 레룬다와 가이아스의 바람을 이루는 길은 험난하다.

　우리의 목표를 이루려면 언젠가 인간들에게 발각됐을 때 싸워야 한다. 우리는 자신을 지킬 힘을 길러야 한다.

　바람의 정령과 계약한 레룬다는 높은 바람 마법 적성을 가진 것이 밝혀졌다.

　또한 그리폰과 스카이호스 같은 마물과 계약한 것을 봐도 어떤 신의 가호를 받는지 예상할 수 있다.

　다만 아직 명확한 근거는 아무것도 없다. 레룬다가 어떤 신의 가호를 받는지, 정말로 신녀인지를 증명해 나가고 싶다.

근거가 될 만한 것을 레룬다에게 보여 주면 그 아이가 '나는 신녀일지도 모른다'라는 인식을 넘어 '나는 신녀다'라고 인정할까? 나는 레룬다가 신녀라고 생각하지만 아닐 수도 있다. 이 세상에 절대적인 것은 없으니까.

　신녀일 소녀 레룬다.
　레룬다의 여정을 도우며 계속 지켜보자. 그리고 레룬다가 잘못을 저지르려고 할 때는 바르게 이끌고 싶다.

7 소녀와 결의

나는 로마 씨가 죽은 것 때문에 우울했지만 그렇다고 멈춰 설 수는 없었다.

가이아스와 나는 뭘 할 수 있을지 파악하기 위해 어른 엘프와 함께 마을 밖으로 나갔다. 시포도 함께였다.

우울해하는 내게 가이아스가 같이 나가자고 제안한 것이다.

둘이서 나가면 문제가 생길 수도 있으니까 많은 인원과 함께했지만.

우리는 숲속에 있었다. 자연을 느끼니 왠지 기분이 평온해졌다. 이 주변은 자연이 풍부해서 나는 이 입지가 마음에 든다. 앞으로 무슨 일이 벌어질지 모르지만 이곳에서 계속 지내면 좋겠다.

"레룬다, 요즘에 기운이 없어."

"응……. 나, 신녀일지도 모르는데, 아무것도 못 했어."

"로마 씨 일은 어쩔 수 없었어. 우리가 한 말은 로마 씨에게 전해지지 않았어. 레룬다뿐만 아니라 누구의 말로도 로마 씨를 막을 수 없었어."

"응……."

안다. 다들 그렇게 말했다. 하지만 좀처럼 털고 일어날 수 없었다.

"이번에는 로마 씨를 잃는다는 슬픈 결과가 됐지만 그 사실과 제대로 마주해서 이런 일이 또 일어나지 않게 할 수 있어. 너는 아무것도 못 했다고 했지만 네 덕분에 우리는 도움받고 있어. 그러니까 아무것도 못 했다고 하지 마."

가이아스는 나를 격려하듯 계속 말했다.

"레룬다가 나보고 대단하다고, 내 덕분이라고 말해 줘서 지금의 내가 있는 거랑 같아. 나도 레룬다를 대단하다고 생각해. 레룬다가 대단하다고 말해 줘서 나는 힘내자고 생각했어. 그러니까 우리가 할 수 있는 일을 늘려서 이런 일이 다시 일어나지 않도록 힘내자."

"가이아스……. 응, 그렇지……. 고마워."

가이아스의 말에 내 마음은 따뜻해졌다.

나는 우울해했지만, 가이아스가 내 덕에 힘낼 수 있었다고 말했다. 내 말은 로마 씨에게 전해지지 않았지만 가이아스에게는 전해졌다고 했다.

가이아스가 열심히 위로해 줘서 힘내자고 생각했다.

"내가 할 수 있는 일…… 신성 마법, 바람 마법, 신체 강화 마법……. 그리고 계약한 모두가 있어."

"나는…… 힘이 세졌고 신체 강화 마법을 다소 쓸 수 있게 됐지만……."

"레이마도…… 색이 바뀌고 강해졌어."

"그게 끝이야? 그거 말고 할 수 있는 일이 늘진 않았어?"

"글쎄? 레이마는 몸, 커졌어. 하지만 가이아스, 몸은 안 커졌어."

가이아스와 둘이서 우리가 어떻게, 뭘 할 수 있게 됐는지 이야기하기 시작했다.

나는 뭘 할 수 있을까. 우선 그걸 생각하고 그 후에 뭘 하고 싶고 무엇을 목표로 삼을지 정하자.

함께 숲에 온 엘프는 열심히 마법을 연습하고 있었다. 아직 정령수는 자라지 않았다. 매일 마력을 담았지만 아직 정령들은 쉬고 있었다. 엘프들이 계약한 정령들도 마찬가지였다.

하지만 그런 상황에서도 엘프들은 충분히 마법을 쓸 수 있게 강해지고 싶다며 노력했다.

다들 조금씩 자신이 할 수 있는 일을 하려고 필사적이었다. 다들 멈추지 않고 우리의 목표를 이루기 위해 행동하려고 했다.

──앞으로 그 민족과 어떻게 될지, 마을이 어떻게 될지 불안해도 다들 전진하려고 했다.

그 모습을 보고 나도 힘내자고 생각했다.

나는 문득 떠오른 생각을 가이아스에게 말했다.

"가이아스, 마력, 모아 볼래?"

"마력을 모으면 뭔가 일어나?"

"모르겠어. 하지만…… 마법, 가이아스도 쓸 수 있을 거야."

내 말에 가이아스는 조금 애매한 표정을 지었다. 신체 강화 마법 말고 다른 마법도 쓸 수 있다고는 생각하지 않는 것 같았다.

나는 가이아스가 마법을 쓸 수 있다는 예감이 강하게 드는데.

"그런가…… 그럼 해 볼까."

가이아스는 그렇게 말하더니 내 말대로 마력을 모으려고 눈을 감았다.

가이아스의 마력이 가이아스의 몸을 덮고 있다는 걸 알 수 있었다. 가이아스의 마력은 아주 따뜻했다. 따뜻한 마력을 느끼니 기뻐졌다.

가이아스의 마력이 점차 몸을 둘러쌌다. 그 큰 마력은 어떤 형태가 되고 어떤 마법이 될까. 나는 가이아스가 마력을 모으면 어떤 속성 마법이 될 거라고 생각했다.

하지만 예상과는 다른 결과가 내 시야에 들어왔다.

잠시 후, 가이아스의 몸이 빛났다.

빛이 가시고 나타난 가이아스의 변화를 보고 나는 눈을 크게 떴다.

커다란 짐승이 있었다. 크다고 말은 했지만 나나 가이아스보다 한층 큰 정도였다.

은색 털을 가진 아름다운 짐승.

──나는 그게 가이아스라는 것을 알 수 있었다.

가이아스가 늑대로 변했다. 귀와 꼬리만 늑대였던 수인에서 야수 모습이 됐다.

"가우우(무슨 일이 일어난 거야?)."

아마도 가이아스일 그 늑대는 무슨 일이 일어났는지 모르겠다는 듯 소리를 냈다. 레이마가 처음 변했을 때처럼 가이아스의 말이 머릿속에 흘러들었다.

야수 모습이 되면 사람 말을 못 하는 걸까. 그래도 나한테는 뜻이 전해져서 다행이다.

"가이아스—— 늑대."

나는 그렇게 말했다.

가이아스가 갑자기 빛나더니 늑대로 변해서 같이 있던 엘프와 시포도 깜짝 놀라 아무 말도 못 했다. 그런 가운데 나는 똑바로 가이아스를 바라봤다. 눈앞의 아름다운 짐승이 가이아스라는 것을 아니까 전혀 무섭지 않다.

"가우? 가우우우우우가우? (늑대? 그보다 말할 때 가우가우 하는 소리가 나오는데)"

"가이아스, 늑대가 됐어. 멋있어."

"가우? (뭐?)"

가이아스가 시선을 움직여 마침내 자신의 몸을 봤다.

"가우가우가우가우! (나, 늑대가 됐어!)"

"응, 예쁜 늑대야."

가이아스의 몸을 빤히 바라보고 정말 아름답고 고상한 늑대라고 생각했다. 이렇게 예쁜 늑대는 처음 봤다. 지금 당장 마음껏 털을 만끽하고 싶다는 충동이 들었지만 참았다.

갑자기 만져서 처음 만났을 때처럼 되면 곤란하니까.

"가이아스, 할 수 있는 일이 늘었어. 잘됐어."

"가우가우가우가우(고마워, 레룬다)."

"왜, 고맙다고 해?"

"가우가우가우가우가우가우(내가 늑대가 된 건 레룬다 덕분이잖아)."

내가 기도해서 변하기는 했지만 고맙다는 말을 들을 일은 아닌 것 같았다.

"레, 레레레룬다. 그 늑대, 가이아스야?"

"응, 맞아. 가이아스, 마력으로 변했어."

"대단하네⋯⋯."

엘프가 멍하니 그렇게 말했는데 몸이 살짝 떨리는 것 같았다. 늑대가 된 가이아스를 보고 겁먹은 듯했다.

"히히히힝~(가이아스가 휘감고 있는 마력 굉장해)."

"그래?"

나한테는 그렇게 느껴지지 않지만, 시포가 말하길 늑대가 된 가이아스는 굉장한 마력을 휘감았다고 했다. 생물이 겁먹고 다가오지 않을 수준이라나.

나는 신음하며 생각했다.

나는 가이아스의 마력이 무척 편안하게 느껴지고 안심되는데.

"가이아스, 사람 모습으로 돌아올 수 있어?"

야수 모습이 된 가이아스가 사람 모습으로 돌아올 수 있을지 불안해져서 물었다.

"가우가우가우(해 볼게)."

그렇게 말하고 잠시 후, 가이아스는 원래 모습으로 돌아왔다.

수인 모습으로 돌아온 가이아스는 주저앉았다.

"가이아스?!"

갑자기 쓰러지듯 주저앉은 가이아스를 보고 놀라서 다가갔다. 가이아스의 안색이 별로 좋지 않았다.

"왜 그래?"

"늑대가 되는 거, 마력을 엄청 많이 쓰는 것 같아…… 수인으로 돌아왔더니 굉장히 피곤해."

"그렇구나……"

고개를 끄덕이고서 늑대가 되는 건 굉장한 일이라고 새삼 생각했다. 사람이 야수 모습으로 변하다니 보통은 말도 안 되는 일이다. 그 말도 안 되는 일을 가이아스는 일으켰다. 그런 굉장한 일을 일으키는 데 많은 마력을 쓰는 것은 당연했다.

그나저나 늑대 모습이 될 줄은 생각지도 못했다. 나는 가이아스도 어떤 속성 마법을 쓰게 될 줄 알았다.

"시포, 가이아스 태울게. 그래도 돼?"

"히히힝(괜찮아)."

마력이 거의 고갈된 가이아스를 보니 일단 마을로 돌아가야 할 것 같아서 시포에 태웠다. 나는 가이아스를 받치듯 뒤에 탔다.

우리는 천천히 마을로 돌아갔다.

동구 씨, 란 씨는 지친 가이아스를 보고 무슨 일이 있었냐며 당황했다. 나는 동구 씨, 란 씨에게 두 사람이 상상하는 그런 일은 아니라고 말했다. 그리고 가이아스가 늑대로 변한 일을 알렸다.

"가이아스가 늑대 모습이 됐다고……"

"어머, 그런 변화가……"

동구 씨와 란 씨가 각각 반응을 보였다.

"우리 수인의 선조는…… 마음대로 야수 모습으로 변했다고 하지만…… 그런가, 가이아스가."

동구 씨는 그렇게 말했다. 수인들의 선조는 마음대로 야수 모습이 됐었다는 모양이다. 그 뒤로 지금까지 야수 모습으로 변하는 자가 없었지만 가이아스가 이번에 늑대로 변한 것이다.

동구 씨는 그게 이 마을에 얼마나 큰 영향을 줄지 모른다면서 기뻐하며 말했다.

◆

난 마을에 돌아오고 쭉 로마 씨와 그 민족 사람들을 생각했다.

그리고 내가 물러 터졌다는 걸 깨달았다.

이대로 있으면 안 된다는 생각에 끙끙거리며 고민했다. 다른 사람들은 민족을 어떻게 할지 이야기를 나눴다. 그동안 나는 그리폰들, 시포, 프레네와 함께 시간을 보냈다.

이번에 로마 씨가 죽게 된 원인. 그 시작은 내가 외부 민족과 접촉했기 때문이다. 나는 그 사람들을 버려야 했던 걸지도 모른다. 이제 와서 생각해 봤자 소용없는 일이지만 머릿속에 계속 맴돌았다.

그 민족 사람들이 모두 악인인 것은 결코 아니다.

지금까지 내가 만났던 사람들 모두가 그랬다. 여러 요인이 겹쳐서 그런 짓을 했다.

엘프들도 내가 시레바 씨와 이야기해서 설득하지 못했다면 우리를 제물로 바쳤을 것이다.

결과적으로 엘프들은 우리와 함께 걷게 되었지만 뭔가 조금이라도 어긋났다면 이렇게 되지 않았을 것이다.

솔직히 말해 로마 씨를 받아들이고서 원하는 결과가 안 나온다고 제거하는 사고방식은 이해할 수 없었다. 하지만 세상에는 그런 짓을 할 수 있는 사람이 있었다. 나는 상상도 못 할 일을 하는 사람들이 세상에 많이 있었다. 그것도 포함해서 앞으로 어떻게 할지를 생각해야 했다.

로마 씨가 죽은 것은 슬펐다. 죽으면 이제 만날 수 없고 더는 이야기할 수도 없다는 게 슬펐다. 그런 상실감이 내 마음에 있었다. 가슴에 구멍이 뻥 뚫린 기분이었다.

란 씨는 내가 있는 것과 없는 것은 다르다고 했다. 나는……내 힘을 올바르게 이해해야 한다. 내 안에 있는 남들과 다른 부분을 바로 알아야 한다.

그렇게 알고 그 힘을 제대로 써야 하지 않을까. 만약 내가 남들과 다른 부분을 바로 알고 그 힘을 바르게 보여 줘서 잘 썼다면 더 좋은 결과로 이끌지 않았을까.

나는 루루마의 등에 기대어 그렇게 생각했다. 예를 들어 내가 주위에 있는 가족의 힘을 썼다면── 좀 더 원만하게 해결되지 않았을까.

"있지…… 나는 협박이나 실력 행사 같은 거, 안 하고 싶어. 하지만…… 하는 편이 좋을지도 몰라."

"그르그르으르르르(어려운 일에 관해선 잘 모르겠지만, 레룬다가 하고 싶은 대로 하면 돼)."

"응…… 뭐가 정답인지 모르겠어……. 하지만 그러는 편이, 잘 풀릴 것 같아."

나는―― 어떻게든 대화로 해결하고 싶었다. 대화로 해결이 안 됐을 때, 어떻게 할지는 생각하지 못했다. 그 이후에 내가 고를 선택지를 생각해야 한다. 대화만으로는 해결이 안 될 때가 있으니 남들과 다른 부분을 제대로 활용해서 잘 풀어 나가자.

내 힘을 쓰면 이런저런 말을 들을지도 모른다. 하지만―― 무슨 말을 듣든 결과가 중요하다.

"힘낼 거야――."

슬프지만 계속 우울해할 수도 없었다. 그보다도 앞으로 나아가야 한다. 이대로 멈춰 서 봤자 소용없다.

다만 죽은 사람들을 분명하게 마음에 담아 두자. 나는 누구도 잃고 싶지 않지만 모든 것을 지키며 잃지 않고 살아가기는 어렵다.

――최대한 누구도 잃지 않고 지켰으면 하지만 전부 바라는 대로 되는 건 불가능하다.

내 힘을 더 올바르게 이해하고―― 지키기 위해 쓰자.

나는 그렇게 결의한 바를 모두에게 말하려고 일어났다.

내가 동구 씨에게 달려갔을 때, 그 민족을 어떻게 할지가 정해졌다.

결국 그들을 이 근처에서 쫓아내는 것도 제거하는 것도 선택하지 못했다.

하지만 이대로 두면 안 된다고 생각하여 인질을 잡기로 했다. 인질이란 말은 꺼림칙하지만…… 또 나쁜 결과가 나오는 일을 피하기 위해 그런 선택을 했을 것이다.

인질은 그 민족 측에서 꺼낸 이야기인 것 같았다. 그들은 깊이 머리를 숙였다.

"미안하네. 우리 목숨은 얼마든지 내놓을 수 있네. 하지만 아직 어린아이들과 여자들은 살려 주게."

그 민족은 로마 씨가 죽었으니 수인들이 자신들을 죽여도 별수 없다고 포기한 것 같았다. 그 눈은 결의에 차 있었다. 그 눈이 자신들은 어떻게 되든 상관없다고 말했다.

아직 어린 아이가 인질로 오게 되었다. 아이들은 살려 달라고 했으면서 왜 보냈냐고 생각했지만 그 아이는 그 민족에게 특별한 존재인 것 같았다. 그 특별한 아이를 내놓을 테니 용서해 달라는 것이었다.

인질이 된 여자아이── 피토는 신과 교신한다고 했다. 정말인지는 모르겠다.

나는 신녀일지도 모르지만 신과 교신하지는 못했다. 나도 언젠가 그런 일을 할 수 있을까.

인질에게 자유는 없었다. 이 마을이 어디 있는지 알리거나 염탐하면 곤란하기에 마음 아프지만 거의 갇혀 지낼 거라고 했다.

그렇게 하지 않으면 이 마을을 지킬 수 없다. 우리는, 아니,

나는 약하다. 더 강해지고 마을의 기반이 갖춰질 때까지는 원치 않아도 그렇게 해야 했다.

거기에 더해 나는 계약한 가족에게 그 민족을 더 대대적으로 감시하라고 했다. 언제든지 그들을 마음대로 할 수 있다는 위협 행위이기도 했다.

버려진 뒤로 다양한 경험을 하지 않았다면 그런 일은 못 한다고 했을지도 모른다. 현실의 냉혹함을 몰랐다면 나는 이런 생각을 하지 않았을 것이다.

나는 그날도 제단 앞에서 기도했다. 힘내자는 결심을 신에게 전했다.

내 선택과 행동이 옳았는지 불안했다.

신에게 기도하면 대답은 안 돌아와도 마음이 차분해졌다. 마음을 털어놓을 수 있는 곳이 있어서 좋았다.

그러고 보니 이 기도하는 곳을 다른 사람들이 '레룬다 제단'이라고 부르는 것 같았다. 여기서 기도하는 사람은 나뿐이라서 그럴 것이다.

다른 곳은 '그리폰 제단'과 '정령 제단'이라고 불렀다. 기도하는 상대는 각각 달라도 우리는 함께 살았다. 그건 우리가 다른 존재를 인정하기 때문이었다.

──외부 민족은 우리에게 인질을 보냈다. 그 사람은 대등한 관계가 아니다.

하지만 조금이라도 가능성이 있다면 적대하는 게 아니라 함께 걸어가고 싶다. 그렇게 바라는 나는 물러 터졌을지도 모른다.

그래도 가능하다면 모두 사이좋게 지내고 싶다. 나는 현실을 알게 됐으면서도 그렇게 바라고 말았다. 그 길이 아무리 험하다 해도 그게 내 소원이었다.

란 씨는 조금씩 만들고 있던 종이로 공책을 만들어 줬다.

나는 그 노트에 죽은 사람에 관한 기록을 남기기로 했다.

죽은 사람을 마음에 담아 두고 싶으니까.

그리고 마을의 규칙이 조금씩 늘어났다. 지금까지 막연하게 정했던 일에 제대로 된 규칙을 만들었다. 만약 규칙이 있었다면 로마 씨가 그러지 않았을지도 모르니까. 규칙을 어기면 벌을 받으니 분명하게 지켜야 한다.

우리가 집단이기에 필요한 일이었다. 구성원의 수가 적다면 서로 배려하고 넘어갈 수 있다. 예를 들어 나와 그리폰뿐이라면 규칙이 없어도 잘 지낼 수 있었다.

하지만 함께 지내는 동료가 많아졌다. 우리의 장소를 지키기 위해서도 규칙을 정해야 했다.

어려운 이야기지만 어렵다고 해서 생각하지 않을 수는 없었다. 생각하기를 포기하고 도망치면 아무것도 해결되지 않는다. 그렇기에 아무리 어려워도 배워 나갈 생각이다.

우리는 아마 앞으로도 다른 사람을 완전히 버리지는 못할 것이다. 어쩌면 앞으로 더 많은 사람과 관계를 맺고 동료가 늘어날지도 모른다.

우리는 이번에 잘 대처하지 못했다. 나는 내 힘을 제대로 쓰자고 결심하지 못하고 로마 씨를 잃었다.

만약 또 다른 사람들과 접촉하게 된다면 더 능숙하게 관계를 맺고 싶다. 아니, 반드시 그러겠다.

나는 그렇게 결의했다.

나는 이번 일로 무언가를 잃지 않으려면 엄격해져야 한다는 것을 배웠다.

──인질로 온 아이는 무척 얌전히 지냈다. 그리폰들이 지켜보는 가운데 남은 민족 사람도 생활한다고 한다. 내가 직접 보진 않았지만 계약한 가족이 그렇게 말했다.

우리는 그 민족과 교류하며 조금씩 그들을 알아 가고 있다. 그들도 마찬가지일 것이다. 그들이 이곳에서 지내게 도왔고, 그들도 우리에게 감사의 뜻을 담아 수확물을 줬다.

유혈 사태가 있었나 싶을 만큼 우리와 그 민족 사이의 시간은 온화하게 흘렀다. 하지만 그건 나와 계약한 모두가 감시하고 있기 때문이다. 만약 그러지 않았다면 그들과 이렇게 온화하게 지내지 못했을지도 모른다.

그렇게 생각하자 내 마음에 어떤 결의가 떠올랐다.

"있지, 란 씨."

나는 란 씨에게 갔다. 내 결의가 잘못됐는지 묻고 싶었다.

"나는 아직 미숙해. 모르는 거, 많아. 하지만── 힘내고 싶어. 제대로, 마주할 거야. 나는 신녀일지도 모르고, 남들과 다르다는 거, 분명하게 자각할 거야."

내가 그렇게 말하자 란 씨는 나를 꼭 끌어안았다.

"신녀는 정말로—— 어려운 존재예요. 그냥 보면 특별하고 한없이 행복한 존재일지도 몰라요. 하지만 그게 전부가 아니네요. 저는 레룬다 곁에 있으면서 그걸 한층 실감했어요. 신녀가 어떤 존재인지 마주하는 건 쉽지 않을 거예요. 레룬다가 그저 보호받기만 하는 게 아니라 마주하고 알아 가고자 한다면 저는 그 뜻을 존중하겠어요. 하지만 레룬다. 당신이 남들과 다르더라도 우리에게는 소중해요. 그러니까 힘든 일이 있을 때 우리에게 말하세요. 신녀인 레룬다와 평범한 사람인 저는 똑같은 일을 다르게 느낄지도 모르지만 대화해서 서로를 이해할 수 있으니까요."

란 씨가 상냥하게 말했다. 나를 생각해서 건네는 말을 들으니 가슴이 따뜻하게 벅차올랐다.

나는 신녀라서 남들과는 다르지만 대화해서 서로 이해할 수 있다. 그렇게 믿는다. 전해지지 않는 말이 있을지 모르지만 노력해 나가고 싶다. 예를 들어 로마 씨에게 말했을 때처럼 잘 풀리지 않더라도 긍정적인 마음으로 힘내고 싶다.

"……응. 나, 힘낼게. 모두를 지킬 수 있게 힘낼 거야. 그러니까—— 지켜봐 줘."

"네, 그럼요. 제게는 아무런 능력도 없지만, 레룬다의 힘이 되겠어요."

"응, 고마워."

란 씨는 아무런 능력도 없다고 했지만 란 씨의 말에는 내게 용기를 주는 분명한 힘이 있었다.

내가 웃자 란 씨도 웃었다.

란 씨와 이야기하고 모두와 함께 식사했다. 오늘의 식사는 가이아스가 사냥한 마물과 밭에서 얻은 채소로 만든 볶음요리다.

수인도 엘프도 서로 웃으며 맛있게 먹었다. 다 같이 웃을 수 있는 이 공간이 정말 좋았다. 이 따뜻한 장소가 좋아서 나도 모르게 미소 지었다.

"가우가우(레룬다)."

가이아스가 늑대 모습으로 다가왔다.

"가이아스, 왜, 늑대 모습이야?"

"가우가우가우우우(사냥하러 나갔다가 그대로 유지 중이야. 익숙해지는 편이 좋으니까)."

가이아스는 늑대 모습으로 사냥하고 그대로 식사 중인 것 같았다.

"가우가우가우가우(기운을 되찾은 것 같아서 다행이야)."

그리고 가이아스는 내 얼굴을 보고서 안심한 듯 말했다.

확실히 나는 마을을 만들기 시작한 이후로 생각만큼 돕지 못하고 외부 민족과의 일이 터져서 우울해했다. 그다지 긍정적으로 지내지 못했다. 가이아스는 그걸 걱정했던 모양이다.

"응. 걱정 끼쳐서, 미안해. 고마워. 이제, 괜찮아."

"가우가우(다행이네)."

"나, 남들과 다르다고 깨달았어. 그래서, 제대로 생각하고,

힘낼 거야.”

“가우가우(그런가).”

“내가, 가이아스를…… 남들과 다른 모습으로 만들었어.”

“가우가우가우우우우(아직도 신경 써? 나는 오히려 기쁘니까 괜찮아).”

가이아스는 그렇게 말하고 위로하듯 내게 코끝을 갖다 댔다.

“가우가우가우우우(이 힘이 있어서 이렇게 도울 수 있는 거니까).”

“응.”

“가우가우가우우우우(레룬다의 힘이 있어서 우리가 만났고 지금이 있는 거야).”

“……응. 그렇지.”

가이아스의 말에 나는 고개를 끄덕였다.

“레룬다, 가이아스! 이리 와!”

“가이아스, 사냥할 때 굉장했어.”

가이아스와 이야기하니 카유와 시노미가 우리를 불렀다.

나와 가이아스는 마주 보고 고개를 끄덕이고서, 가이아스의 활약을 신나게 이야기하는 모두의 곁으로 갔다.

나는 어쩌면 신녀일지도 모른다.

나는 어쩌면 특별한 힘을 가졌을지도 모른다.

그럴지도 모른다는 생각이 나날이 강해진다.

내게는 모두에게 없는 무언가가 분명히 있다.

신녀라서 그런 것인지와는 별개로.

나는 모두를 사랑하지만 특별한 무언가 때문에 모두와 늘 똑같이 느끼지는 못한다. 내 마음과 모두의 마음은 차이가 날지도 모른다는 걸 알았다. 그렇기에 서로의 마음이 다르더라도 대화해 나가고 싶다.

신녀일지도 모르는 힘을 계속 갈고닦는 것도 중요하지만 소중한 모두를 잃지 않도록 이번 일을 교훈 삼아 좀 더 모두의 마음을 알고 싶다.

이번에 내 말은 로마 씨의 마음에 전해지지 않았다. 그렇다고 해서 앞으로 노력하는 걸 포기하지는 않을 거다.

사람 사이의 관계도 어렵다. 그래도 나는 모두를 지키기 위해 더 여러 가지를 생각하고 할 수 있는 일을 더 늘려 나가고 싶다.

그렇게 생각했다.

종장

따뜻한 햇볕 아래에서 소녀가 웃고 있었다.

새 거처로 삼은 새로운 마을.

그 마을에는 다양한 이가 있었다.

계약수인 그리폰과 스카이호스, 바람의 정령. 소녀는 많은 것과 계약을 맺었다.

그리고 그 마을에는 수인과 엘프라는 종족이 있었다.

신체 능력이 높고 짐승의 귀와 꼬리를 가진 수인.

마법이 특기고 뾰족한 귀를 가진 엘프.

소녀는 그 두 종족과 함께 살고 있었다.

그 마을은 살던 곳에서 쫓겨난 그들이 새로 만드는 마을이었다. 그렇기에 각 종족의 특징적인 집이 늘어서 있었다.

무엇보다 특징적인 것은 마을 중심에 심어진 정령수였다.

엘프들에게 특별한 그 나무는 소녀로 인해 조금씩 회복될 조짐을 보였다. 딱 봐도 특별하다는 걸 알 수 있는 그 정령수는 이 마을의 상징이다.

태어난 마을에서 버려지고, 수인들과 만나고, 그곳에서도 쫓겨나고, 엘프와 만나고, 마물을 퇴치했다. 그리고 정착할 곳을 찾다가 이 땅에 다다랐다.

　새로 접촉하게 된 신기한 문신을 얼굴에 새긴 민족과 소녀가 앞으로 어떤 관계를 맺을지는 모른다. 인질로서 마을에 머무는 민족 소녀는 무척 조용했다.

　──소녀는 다양한 경험을 하고 있다. 그 경험을 통해 앞으로 나아가기를 택했다. 소녀가 어떤 인생을 살지는 아무도 모른다.

　그저 하늘만이 소녀를 언제나 지켜보았다.

어릴 적
꿈을 꾸다

새로운 땅에 오고 며칠이 지났다.

조금씩이지만 이곳 생활도 안정되고 있었다. 란 씨와 함께 사는 집에서 깨어나는 것에도 익숙해졌다.

"좋은 아침."

"좋은 아침이에요. 레룬다."

내가 깨어났을 때, 란 씨는 먼저 일어나서 분주하게 움직이고 있었다. 근처 강에서 끌어온 물로 세수했다. 란 씨는 새로운 땅에 도착한 이후로 이 마을을 정비하려고 동구 씨와 이야기하며 바쁘게 지냈다.

"그르그르르륵르르르~"

"그륵그르르르르르."

그리폰들의 울음소리가 밖에서 들려왔다. 나를 부르는 것 같았다.

"안녕."

인사하자 나를 부르러 온 새끼 그리폰들이 기뻐하며 소리를 냈다.

변함없이 귀여워서 그 몸을 마구 쓰다듬자 새끼 그리폰들은 기분 좋은 듯 울었다.

"그르그르르르(밥 먹자)."

"그르르르르르르르(다 준비됐대)."

광장에 이미 아침밥이 준비된 모양이다. 그리폰들은 나랑 같이 먹고 싶어서 먼저 먹지 않고 부르러 온 듯했다.

"란 씨, 밥, 다 됐대."

"그래요? 그럼 갈까요."

광장으로 가니 사랑하는 모두가 모여 있었다.

"안녕, 레룬다, 란."

"드디어 일어났나."

동구 씨, 시레바 씨, 광장에 있던 모두가 인사했다.

우리는 아직 회복되지 않은 정령수를 가운데 두고 빙 둘러앉아 식사했다. 엘프들은 정령수를 향해 고개 숙여 인사한 후 밥을 먹기 시작했다. 정령수의 정령들은 아직 회복되지 않았는데 빨리 회복됐으면 좋겠다.

오늘의 아침밥은 어제 가이아스가 늑대 모습이 되어 사냥했다는 마물의 고기로 만든 것이었다. 가이아스는 늑대 모습으로 변하게 된 뒤로 이전보다 사냥을 잘했다.

"이 고기는, 가이아스가 사냥한 거지? 대단해."

"고마워. 레룬다."

가이아스는 내 말에 싱글벙글 웃었다.

가이아스가 웃으면 기쁘다. 기쁘게 웃는 가이아스의 꼬리가 흔들려서 나도 모르게 후후 웃고 말았다.

가이아스도 포함해서 수인들은 감정을 알기 쉬웠다. 역시 털을 만지고 싶지만 참자.

"가이아스, 밥 다 먹으면, 그리폰들이랑 같이 놀자."

"그래. 좋아."

마을을 만드느라 바빴지만 조금씩 생활에 여유가 생겨서 할 일을 끝내면 놀 수 있었다. 자기 시간은 중요했다.

란 씨도 "할 일이 있더라도 숨을 돌리는 건 중요하니까요." 라고 말했다. 할 일이 있더라도 그걸 해야 한다는 마음에 사로잡히면 여유를 잃는다고 했다.

란 씨는 마을을 만들기 위해 바쁘게 움직였지만 짬짬이 취미인 공부도 했다. 나나 수인들, 엘프들, 프레네에게도 이야기를 들으며 다양한 정보를 모았다. 종이를 만들게 되면 책으로 정리할 거라며 즐거워했다.

다 같이 화기애애하게 식사하고 나는 계약수들과 함께 가이아스와 놀기로 했다.

"가우가우가우우우우우(왜 나를 늑대 모습으로 만든 거야?)."

"늑대 가이아스랑도, 놀고 싶어서."

그리고 운 좋게 만질 기회가 생기면 그 복슬복슬한 털을 만지고 싶다는 바람도 있었다. 수인 모습일 때의 복슬복슬한 은색 귀와 꼬리도 매력적이지만, 늑대 모습이 되면 전신이 복슬복슬해서 몸을 푹 파묻고 싶달까 안기고 싶어진다.

레이마나 시포에게 안겨서 온몸으로 촉감을 느끼기도 하지만 역시 늑대 가이아스와는 다르니까.

"그그르르르르르르르르르르(오늘은 뭐 해?)."

"그르으르르르르르르(늑대 가이아스랑 같이 놀아~)."

새끼 그리폰 레마와 루마는 기뻐하며 가이아스 주위에서 울었다.

참고로 지금 이곳에는 레마, 루마, 유잉, 가이아스, 프레네가 있었다. 그 외의 그리폰과 시포는 다른 일을 하느라 여기 없었다. 계약한 사이지만 나는 모두를 속박하지 않았고 모두에게도 저마다의 생활이 있었다.

"이거, 던질 거야."

"가우가우가우(공이야?)."

가이아스가 말한 대로 나는 작은 공을 들고 있었다. 동구 씨가 만든 공이었다. 계약수들과 함께 놀 수 있는 뭔가를 갖고 싶다고 부탁하자 만들어 줬다.

"응. 이거, 던질게."

"가우가우(그래)."

"극르으르르르(가져올게!)."

"그르르르르르(제일 먼저 받을 거야!)."

"그르르르르륵르(힘내겠어!)."

저마다 의욕을 보였다.

나는 공을 던졌다. 힘차게 던졌지만 별로 멀리 날아가지 않았다.

데굴데굴 굴러간 공을 유잉이 부리로 물어서 가져왔다.

"그르르르르르르(받았어)."

"고마워, 유잉. 가까이에 던졌으니까 이번엔 조금 더 멀리 던질게."

조금 전에는 실패해서 가까운 데 떨어졌으니 이번에야말로 더 멀리 던지겠다며 기합을 넣었다.

나 자신에게 신체 강화 마법을 걸었다.

내 팔심으로는 멀리까지 던질 수 없기 때문이다. 하지만 힘 조절이 어려웠다. 어느 정도 힘으로 던져야 딱 적당하게 날아갈까.

그렇게 생각하며 "에잇!" 하는 기합과 함께 공을 던졌다.

"아."

이번에는 너무 멀리 날아갔다.

마을 밖으로 날아가서 당황했다. 그런 나를 내버려 두고 가이아스와 그리폰들은 그쪽으로 달려갔다.

오오. 굉장한 기세다.

가이아스는 늑대 모습으로 변하게 된 뒤로 전보다 조금 동물적인? 면이 강해진 것 같았다. 신체를 따라 정신이 이끌리기라도 하는 걸까. 나는 잘 모르지만 동물은 여러 가지 본능이 있는 모양이고.

그런 생각을 하며 기다리니 가이아스와 그리폰들이 돌아왔다.

선두에 있는 가이아스는 꼬리를 흔들며 공을 물고 있었다.

"가우가우우우(가져왔어)."

"가이아스, 가져왔구나. 후후, 기특해."

기쁜 듯이 꼬리를 흔드는 가이아스가 귀여워서 나도 모르게 머리를 마구 쓰다듬고 말았다. 기분이 좋았다.

"가우가우가우(기분 좋아……가 아니라! 너무 만지지 마)."

"어? 안 돼?"

"가우가우가우가우우우우우(안 된다기보다는…… 기특하다니, 어린애 취급이잖아)."

가이아스에게 그런 말을 듣고 말았다.

늑대 모습인 가이아스는 만지기 쉬워서 무심코 손을 뻗게 된단 말이지.

"미안……."

"가우, 가우가우가우! (그렇게 풀 죽지 마!)"

내가 시무룩해지자 가이아스는 허둥거리며 말했다.

"가우가우가우가우우우(가끔은 만져도 돼)."

"고마워!"

가끔은 만져도 된다고 다정하게 말하는 가이아스를 보며 나는 웃었다.

"그르그르르르르르르(가이아스랑 레룬다는 단짝 친구야!)."

"그르르르르르르르르르으르르(더 던져 줘~!)."

"그르르르르르르르(던져 줘, 던져 줘)."

가이아스와 이야기하고 있으니 새끼 그리폰들이 공을 더 던지라고 졸랐다. 나는 던진다고 말하고 다시 공을 던졌다.

◆

"가이아스, 오늘은 날씨가 좋아."

실컷 놀고 난 후, 레룬다가 그렇게 말하며 웃었다.

그 옆에서 새끼 그리폰들이 "그르그르그르르르르." 하고 레룬다에게 동의하듯 울었다. 나는 늑대 모습에서 수인 모습으로 돌아왔다.

새로운 거처를 찾아 여행을 떠나고 마침내 살 곳을 찾았다.

솔직히 안도했다. 레룬다와 함께 모두가 안심하고 살 수 있는 곳을 만들겠다고 맹세했지만 일단은 우리가 안심하고 살 곳을 찾아야 했으니까.

이렇게 정착할 곳을 찾은 것도 레룬다 덕분일까.

"그러게. 좋은 날씨야."

"응. 날씨가 좋아서 놀기도 좋은 날이었어. 공놀이는 정말 즐거웠어."

"맞아."

솔직히 말해서 그리폰들과 함께 공놀이를 하는 것은 어린애 같을지도 모르지만 즐거웠다. 원래부터 움직이는 걸 좋아하는데 실컷 움직여서 기뻤다. 내가 더 나이가 많은데 어린애 취급을 받은 것은 창피했지만.

레룬다는 무척 즐겁게 웃고 있었다. 레룬다가 이렇게 좋아하니 또 늑대로 변해서 같이 놀기로 할까.

그렇게 생각하고 있으니 레룬다가 작게 하품했다.

"낮잠, 안 잘래?"

레룬다가 갈색 눈을 빛내며 내게 물었다.

이렇게 기대하는 눈으로 쳐다보니 거절하기 어려웠다. 지금은 특별히 해야 할 일도 없고 나도 따뜻한 햇볕을 쬐니 졸렸다.

"그래, 낮잠 잘까."

내가 그렇게 말하고 고개를 끄덕이자 레룬다는 기뻐하며 웃었다. 레룬다가 처음 만났을 때보다 잘 웃게 되어서 기뻤다.

레룬다가 새끼 그리폰들과 함께 누웠기에 나도 그 옆에서 따뜻한 햇볕을 느끼며 눈을 감았다.

꿈결 속으로 의식이 날아갔다.

◆

"아빠! 이거 뭐야?"

처음 만났을 무렵의 레룬다보다도 조금 더 작은 내가 아빠 품에 안겨서 주위를 두리번거리고 있었다.

나는 어릴 적에 아빠에게 안기는 걸 좋아했다.

누군가에게 안기거나 다른 사람과 맞닿으면 따끈해서 따스한 기분이 들었다.

"가이아스, 이 나무 열매는 맛있어."

"가이아스, 이건 말이지——."

아빠의 품속은 내 특등석이라서 다른 아이가 아빠에게 안기면 나는 토라졌었다.

할머니가 "가이아스는 아토스를 정말로 좋아하는구나." 하며 웃었을 정도였다.

"아빠, 엄마는 어떤 사람이었어?"

나는 거의 기억하지 못하는 엄마에 관해 자주 물어보고 싶어 했다. 아빠가 해 주는 엄마 이야기를 좋아했다.

"──엄마는 아주 예쁜 사람이었어. 가이아스가 태어나기를 기대했었지. 가이아스를 자주 무릎 위에 올렸어."

엄마는 내가 아주 어렸을 때 병으로 죽었다. 엄마에 관한 기억이 거의 없는 것은 아쉽지만 아빠는 엄마 이야기를 많이 해 줬다. 아빠의 말투에서 아빠가 엄마를 정말로 소중히 여겼다는 것이 느껴졌다. 그리고 엄마가 아빠와 나를 사랑했다는 것도 알 수 있어서 기뻤다.

아빠가 있었기에 엄마가 없어도 외롭지 않았다.

애초에 늑대 수인 마을은 주민이 많지 않기도 해서 마을 전체가 공동으로 아이를 키우는 경향이 있었다. 주위에 다른 아이들도 있어서 나는 떠들썩한 유년기를 보냈다.

하지만──.

"가이아스, 또 아토스 씨한테 찰싹 붙었어? 어린애구나!"

"늘 안겨 있어서 갓난아기 같아."

이루케사이와 루체노가 그렇게 말해서 나는 발끈했다.

그래서 홧김에──.

"이제 아빠한테 안 안길 거야! 나는 갓난아기가 아니야!"

사실은 아빠 품에 안겨 이것저것 배우는 것을 좋아하면서도 놀림당하기 싫어서 아빠한테 그렇게 말하고 말았다.

아빠는 조금 섭섭한 표정으로 고개를 끄덕였다.

그 후 나는 아빠에게 안기고 싶은 것을 참게 되었다. 하지만 버릇이란 건 쉽게 고쳐지지 않아서 금세 아빠한테 안아 달라고 손을 뻗으려고 했다. 그럴 때마다 어린 나는 "아니야! 포옹은 안 돼!" 하고 말해서 아빠를 곤란하게 만들었다.

"가이아스. 최근에 아토스랑 같이 있는 모습을 별로 못 봤는데 아빠랑 싸우기라도 한 거니?"

"할머니…… 아니야. 싸우진 않았어."

아빠가 옆에 있으면 금세 안기고 싶어져서 나는 아빠랑 같이 있지 않으려고 했다. 여태까지 아빠에게 찰싹 붙어 지냈던 내가 갑자기 그런 태도를 보이니까 아빠는 당황했고 할머니도 바로 알아차렸다.

"싸운 게 아니라면 좀 더 같이 있어 주려무나. 아토스도 가이아스가 옆에 없으면 외로워한단다."

"아빠가 외로워해? 하지만……."

"안기고 싶어져서 그러니?"

"앗, 할머니, 알고 있었어?"

"그럼 알다마다. 내게는 많은 정보가 모이니 말이지. 가이아스, 어리광부릴 수 있을 때 실컷 부리렴. 부모는 언제 어느 때 사라질지 몰라. 어른이 되고 난 뒤에는 안기고 싶어도 그럴 수 없단다. 어리광부릴 수 있을 때 부리면서 많은 추억을 만들려무나."

할머니는 자상하게 웃으며 그렇게 말했다.

어리광부릴 수 없는 날이 온다든가 부모가 사라진다든가 하는 말은 아직 어렸던 내게 잘 와닿지 않았다.

그래도 할머니의 말은 진짜라는 인식이 강해서―― 이번에는 아빠가 사라지는 게 아닐까 불안했다.

"아빠!"

"아빠, 어디 가!"

"아빠, 나도 갈래!"

그렇게 아빠, 아빠 하며 아빠 뒤를 병아리처럼 졸졸 쫓아다녔다.

하지만 우리의 신―― 그리폰님들에게 갈 때는 같이 데려가지 않았다. 아빠는 늘 다정했지만 그때만큼은 아직 이르다며 나를 놓고 갔다.

"아빠 혼자 가 버렸어…… 으아아아아앙."

나는 엉엉 울었다. 지금 생각하니 매우 창피하다……. 하지만 나는 어릴 적에 정말로 아빠를 좋아해서 무슨 일이든 아빠가 중심이었다.

갓난아기 같다며 나를 놀렸던 이루케사이와 루체노도 놀려서 미안하다고 사과했다.

"뭐, 뭘 그렇게 본격적으로 울어. 자, 눈물 닦아."

"괘, 괜찮아?"

"가이아스, 너무 운다!"

"가이아스, 착하지, 울지 마."

할머니 집에서 엉엉 울고 있으니 이루케사이, 루체노, 단동가, 카유, 시노미가 열심히 나를 위로했다. 어린 나는 모두에게 위로받고 조금씩 눈물을 거뒀다.

내가 울음을 그치자 아이들은 안도한 표정을 지었다. 할머니도 뚝 그쳐서 장하다고 말하며 머리를 쓰다듬었다.

아빠가 지금은 아직 어려서 안 된다고 했지만 언젠가 내가 더 크면 아빠랑 같이 신에게 가야겠다고 결심했다.

마을로 돌아온 아빠에게 "다음에는 같이 가게 힘낼 거야." 하고 말했더니 아빠는 "그래. 같이 갈 수 있게 쑥쑥 자라라." 고 말했다.

그 뒤로 조금씩 커서 수치심이 싹트기 전까지 나는 줄곧 아빠에게 찰싹 붙어 있었다. 아빠 품에 안기고 싶어서 "아빠, 아빠!" 하고 맨날 아빠를 불렀다.

"가이아스는 어리광쟁이구나."

"나는 아빠를 정말 좋아하는걸!"

그렇게 말하면 아빠는 기뻐하며 웃었다.

"가이아스는 커서 어떤 어른이 되고 싶니?"

어느 날, 아빠가 그렇게 물었다.

나는 깊이 생각하지 않고 대답했다.

"나는 아빠처럼 되고 싶어!"

내가 그렇게 대답한 것은 내게 있어 가장 멋있는 어른이 아빠였기 때문이었다.

아빠는 마을에서 리더 같은 입장이었다.

늘 사람들 앞에 서고 모두에게 존경받는 모습이 정말로 멋있었다. 나는 그런 아빠가 참 좋았다.

"하하, 나처럼?"

"응! 아빠는 멋있는걸."

내가 웃으며 그렇게 말하자 아빠도 기뻐하며 웃었다.

"아빠처럼 되고 싶다고 말해서 기쁘지만 자기가 뭘 하고 싶은지 분명하게 생각하고 행동하렴."

"생각하고 행동해?"

"그래. 앞으로 어떤 미래가 기다릴지 몰라. 그때는 아빠처럼 하는 게 아니라 스스로 생각해야 해."

"잘, 모르겠지만…… 응."

어린 나는 솔직히 아빠가 하고 싶은 말을 이해하지 못했다. 내가 생각하는 미래는 이 수인 마을에서 훌륭한 어른이 되는 거였으니까.

아빠는 잘 이해하지 못한 내 머리를 다정하게 쓰다듬으며 이어서 말했다.

"크면 알게 될 테니까 장래를 위해 단련하자."

"응!"

"강해지면 언젠가 지키고 싶은 것이 생겼을 때 지킬 수 있으니까."

"지키고 싶은 것?"

"그래. 아빠가 지키고 싶은 건 엄마와 가이아스, 수인 마을 사람들이야. 언젠가 가이아스에게도 생길 거야."

아빠는 그렇게 말하며 내게 웃었다.

내게 있어 아빠는 누구보다 멋있고 사랑하고 존경할 수 있는 하나뿐인 존재였다.

◆

"아, 가이아스, 일어났어?"

잠이 덜 깬 상태로 눈을 뜨니 생글생글 웃는 레룬다가 보였다.

그리운 꿈을 꿨다. 아빠가 살아 있을 적의 꿈. 엄마가 없어서 아빠에게 어리광만 부렸던 아빠를 너무 좋아했던 어린 시절의 나.

지금도 나는 아빠를 사랑한다. 아빠는 이제 없지만, 아빠가 나를 사랑하고 예뻐했기에 외로움을 느끼지 않고 살아왔다.

꿈에서라도 아빠를 만나서 너무나도 기뻤다.

"가이아스, 왜 그래? 웃고 있어."

레룬다가 물어서 아빠와 했던 이야기가 떠올랐다.

어떤 어른이 되고 싶은가. 물론 아빠처럼 되고 싶다. 하지만 그뿐만이 아니라 좀 더 모두를 지킬 수 있게 강해져서 이곳을 지켜 나가고 싶다는 생각이 강했다.

아빠는 무슨 일이 일어날지 모르니까 스스로 분명하게 생각하라고 했다.

그 의미를 이제는 안다. 그때와는 모든 것이 달랐다.

그때는 그저 수인 마을에서 평범하게 어른이 될 줄 알았다. 하지만 지금은── 나고 자란 마을을 떠나 새로운 땅에 왔다.

그 무렵에는 인간이나 엘프들과 함께 살아가리라고 생각도 못 했었다.

옛날과는 상황이 다르기에 그 시절의 아빠를 흉내 내는 것만으로는 해결할 수 없는 일이 있다. 그러니 주위를 보고 스스로 생각해서 행동해야 했다.

어쩌면 아빠는 이대로 평온하게 사는 것이 어려울 수도 있다고 예상했는지도 모른다. 아빠의 가르침이 지금의 나를 도왔다. 미래까지 내다보다니 역시 아빠는 대단하다.

"으음, 아빠 꿈을 꿨어."

"아토스 씨?"

"응. 레룬다와 만나기 전에 아빠와 지내던 날이 꿈에 나왔어."

"그렇구나. 어떤 느낌이었어?"

레룬다에게 예전의 나와 아빠의 이야기를 한 적은 없었다. 레룬다가 기대하는 얼굴로 봐서 나는 조금 멋쩍어하며 옛날 이야기를 했다.

아빠는 이제 없지만 아빠와의 추억은 내 마음에 분명하게 남아 있다.

후기

안녕하세요. 이케나카 오리나입니다. '쌍둥이 언니가 신녀로 거둬지고, 나는 버림받았지만 아마도 내가 신녀다.' 3권을 구매해 주셔서 감사합니다. 1권과 2권을 구매해 주신 독자님 덕분에 무사히 속권을 낼 수 있었습니다.

1권과 2권에 이어 3권도 인터넷에 투고한 글을 가필, 수정했습니다. 인터넷 연재판과 줄거리는 똑같지만 개고해서 인터넷 연재판을 읽은 분도 즐길 수 있는 내용이 되었습니다.

1권에서는 포근하게 지내고 2권에서는 도망치고 마물을 퇴치했던 레룬다가 이번에는 새로운 마을을 만들기 시작하고 새로운 민족과 만납니다. 같은 인간이지만 사고방식도 사는 방식도 모든 것이 다른 민족과 만나며 레룬다는 또 성장합니다.

레룬다는 이러니저러니 해도 상황이 잘 풀리는 일을 많이 경험한 아이입니다. 그리고 지금까지 인간과 그다지 깊이 엮이지 않고 살았습니다. 고향에서는 소외당하여 남들과 거의 엮이지 않고 아무 생각 없이 살았고 버려진 뒤에도 관계를 맺은 인간은 란 씨뿐이었습니다.

그런 레룬다가 어느 민족과 만나고 곤경에 처한 그들을 돕고 싶어 합니다. 하지만 외부 민족과 레룬다는 아무런 연결 고리도 없는 상황에서 만납니다.

수인과는 그리폰이라는 연결 고리가, 엘프와는 정령과 마물 퇴치라는 연결 고리가 있었습니다. 하나 그 민족에게 레룬다는 숲속에 사는 신기한 소녀일 뿐입니다. 레룬다는 정말로 여유가 없는 사람을 접한 적이 없었습니다. 그래서 그 민족과 엮여 슬픈 일이 일어납니다. 외부 민족과의 관계는 인터넷 연재판을 쓸 때도 어렵다고 생각한 장면이었습니다. 그래도 어떻게든 독자님들께 레룬다의 성장을 제대로 전하고 싶어서 연재판도 서적판도 집필했기에 독자님께서 느끼는 바가 있었으면 좋겠습니다.

3권에서는 페어리트로프 왕국의 내란을 쓰기도 해서 막간이 많아졌습니다. 페어리트로프 왕국의 왕녀 니나에프. 미가 왕국의 왕자 힉드. 레룬다의 쌍둥이 언니 앨리스. 세 사람의 시점으로 나라의 상황을 적었는데 즐겁게 읽으셨을까요?

앨리스가 본인이 신녀가 아님을 알았을 때 어떻게 할지, 신녀가 아니라고 사람들에게 알려졌을 때 어떤 길을 택할지는 어려운 문제였습니다.

참교육 전개도 생각했지만 앨리스의 나이와 지금까지 살아온 환경을 고려하면 신녀가 아니라며 단죄당하고 그제야 겨우 자신이 특별하지 않음을 깨닫는 게 자연스러울 것 같았습니다. 특별한 아이라고 떠받들어지던 앨리스는 자신이 특별한 건 당연하다고 여겼습니다. 주변 환경이 아이의 사고방식을 만든다고 생각합니다.

물론 만회할 수 없는 일들도 있겠지만 본인이 어떻게 하느냐에 따라 사람은 얼마든지 앞을 보고 다시 시작할 수 있습니다. 레룬다와는 다른 의미로 앨리스는 제대로 살아가지 못했다고 할 수 있습니다. 특별하다고 떠받들어지며 원하는 걸 사람들이 전부 들어주던 게 앨리스입니다. 앞으로 앨리스도 생각하고 고민하며 진정한 의미에서 살아갑니다. 당연히 레룬다의 성장을 기대해 주셨으면 하지만, 앨리스의 앞날도 기대해 주시면 좋겠습니다.

이 책을 구매해 주신 독자님들의 마음에 감동을 주는 이야기가 되었기를 바랍니다.

본작은 만화도 연재 중입니다. 서적판에서 일러스트가 되지 못했던 장면도 전부 유키 님의 그림으로 만화가 되었습니다. 아주 멋지게 완성되었으니 그쪽도 잘 부탁드립니다.

마지막으로 이렇게 책이 나오기까지 도와주신 모든 분께 감사드립니다. 인터넷판을 읽어 주신 독자 여러분, 정말로 늘 고맙습니다. 본작을 책으로 만들면서 신세 진 담당자님, 일러스트라는 형태로 등장인물들에게 모습을 부여해 주신 컷 님, 출판에 이르기까지 협력해 주신 모든 분께 그저 감사드릴 따름입니다.

이 책을 구입해 주신 여러분께도 정말 고맙습니다. 앞으로도 여러분의 가슴을 울리는 이야기를 쓰도록 노력하겠습니다.

이케나카 오리나

쌍둥이 언니가 신녀로 거둬지고, 나는 버림받았지만 아마도 내가 신녀다 3

2023년 08월 16일 제1판 인쇄
2023년 08월 23일 제1판 발행

지음 이케나카 오리나
일러스트 컷
옮김 송재희

발행 영상출판미디어(주)
등록번호 제 2002-000003호
주소 07551 서울특별시 강서구 양천로 570 NH서울타워 19층
대표전화 02-2013-5665

ISBN 979-11-380-3191-2
ISBN 979-11-380-0838-9 (세트)

FUTAGO NO ANE GA MIKO TOSHITE HIKITORARETE, WATASHI WA SUTERARETA KEDO
TABUN WATASHI GA MIKO DEARU. Vol.3
ⓒOrina Ikenaka 2020
First published in Japan in 2020 by KADOKAWA CORPORATION, Tokyo.
Korean translation rights arranged with KADOKAWA CORPORATION, Tokyo.